# ロンドン・アイの謎

シヴォーン・ダウド

12歳の少年テッドは、姉のカットといとこのサリムとともに、巨大な観覧車ロンドン・アイに乗りに出かけた。チケット売り場の長い行列に並んでいたところ、見知らぬ男がチケットを１枚だけくれたので、サリムだけがたくさんの乗客に交じって、観覧車のカプセルに乗りこんだ。だが一周して降りてきたカプセルにサリムの姿はなかった。閉ざされた場所から……うやって消えてしまったのか？

……頭脳で大人

# 登場人物

テッド……………………………十二歳の少年、本書の主人公
カット……………………………テッドの姉
サリム……………………………テッドのいとこ
パパ………………………………テッドの父親
ママ………………………………テッドの母親
グロリアおばさん………………サリムの母親、テッドのおば
ピアース警部……………………失踪事件の捜査責任者

# ロンドン・アイの謎

シヴォーン・ダウド

越 前 敏 弥 訳

創元推理文庫

THE LONDON EYE MYSTERY

by

Siobhan Dowd


This book is published by TOKYO SOGENSHA Co., Ltd.
Japanese translation published by arrangement with
The Literary Estate of Siobhan Dowd c/o The Agency (London) Ltd
through The English Agency (Japan) Ltd.

# 目次

ドナルに

# ロンドン・アイの謎

# 序　文

ロビン・スティーヴンス

児童向けのミステリは現在、華やかな黄金時代にあります。胸躍るすぐれた作品がつぎつぎと書かれていますが、シヴォーン・ダウドがその先駆けとなったことを忘れてはなりません。『ロンドン・アイの謎』が発表されたのは二〇〇七年ですが、いまでもなお、大胆で魅力に満ちたミステリ作品として並ぶものがほとんどありません。ユーモアに満ちた本でありながら、きわめて奥深く繊細な問題も扱っています。登場人物はすべて個性的で、鮮やかな謎解きの結末には心から納得できます。そして、ロンドンの街へのラブレターにもなっています。これは、十二歳の主人公テッド・スパークが、大きな観覧車ロンドン・アイで行方不明になったいとこのサリムをさがす物語です。大人たちが――警察も親たちも――途方に暮れるなか、テッドと姉のカットがみごとに事件を解決します。

すぐれたミステリは手品に似ています。そして、『ロンドン・アイの謎』はその最高レベルのものです。読者がひとつのことに気をとられているあいだに、視界の外で巧みな技巧が使われます。しかるべき頃合で注意を向けていれば気づけるかもしれませんが、もちろん、なかなかそうはいきません。ミステリ作家は正々堂々とトリックを仕掛けなくてはなりません。すべての手がかりをわかりやすい場所に置きながらも、最後の瞬間まで読者の目がそこへ向けられないように仕組むのです。シヴォーン・ダウドは『ロンドン・アイの謎』でこれを華麗になしとげました。テッドが真相にたどり着くための手がかりは、ひとつ残らずこの本のなかに書かれています。すべてのことばに無駄がなく、必要なものはひとつとして省かれていません。だれでも謎を解けるようになっていますが、一度読んだだけでは至難の業《わざ》でしょう。そして、読み返してみれば、完璧な仕掛けが施されていたことに気づくはずです。

もうひとつ——謎解きの要素を具《そな》えた作品が成功する鍵でもありますが——これは困難な状況に置かれた家族をみごとに描いた物語です。スパーク家では、それぞれに悩みをかかえた家族たちがぶつかり合うこともあり、それがときにサリムの失踪事件を解決する妨げになります。シヴォーンはこの上なく深く人間というものを理解していて、どの登場人物も実在するかのように生き生きと描いています。カットもグロリアおばさんもサリムも、まるで自分の町のどこかにいるように感じられ、だれもが実際に会いたくなるでしょう。けれども、いちばん造形がすぐれているのは、やはりテッドです。読者はテッドの目の奥へはいりこみ、そのたぐいまれなほど活発な脳を通して、テッド自身が〝症候群〟と呼ぶ特徴の長所も限界も見ていくことになります。名探偵とはすべて、どこか風変わりなものです。事件の新しい側面を見つけるために、周囲の人々から一歩離れた場所に立つ必要があるからです。そしてテッドは、シャーロック・ホームズやエルキュール・ポワロに劣らず、風変わりで印象的な探偵です。人の気持ちを理解するのが苦手な人物を、読者の共感できるキャラクターに作りあげるのはむずかしいことですが、それを軽やかになしとげているのは、シヴォーンがすぐれた作家であることの証です。

悲しいことに、シヴォーン・ダウドは二〇〇七年に逝去し、彼女自身の物語も含めて、多くの作品が未完のまま残されました。作家としての知性とあたたかい人間性を具えたシヴォーンは、他の追随を許さない巨星でした。『ロンドン・アイの謎』は、ミステリや子供向けの物語がめざすべき高みを示した作品です。これは、作家シヴォーン・ダウドの名とともに、末長く輝きつづける物語です。

# 1　空に浮かぶ巨大自転車の車輪

ロンドンの街でいちばん好きなのは、ロンドン・アイにのることだ。

史上最大の観覧車にのっているから、晴れた日にはどの方角も四十キロ先まで見渡せる。列にいっしょに並んでいた知らない人たちと、三十二個あるカプセルのひとつに閉じこめられ、ドアが閉まると街の音はもう聞こえない。それからのぼっていく。カプセルはガラスと鉄でできていて、大きな輪のふちにぶらさがっている。輪がまわっても、カプセルは重力のおかげで向きが変わらない。一周するには三十分かかる。

カットに言わせると、てっぺんから見たロンドンはおもちゃの町みたいで、下の道路を走る車はそろばんの珠《たま》のように、右へ左へ動いたり止まったりするという。ぼくには、ロンドンはロンドンにしか見えないし、車は車にしか見えない。ただ小さいだけだ。

上から見ていちばんおもしろいのはテムズ川だ。曲がりくねっているのがよくわかる。地上にいるときにはまっすぐに思えるのに。

つぎにおもしろいのは、ロンドン・アイのスポークや太いワイヤーをながめることだ。片側だけで支えるカンチレバー型の構造物は、世界じゅうでここにしかない。空に浮かぶ巨大自転車の車輪のようなものを、大きなAの字の形のフレームが支えているんだ。

両隣のカプセルを見るのも楽しい。こちらと同じように、知らない人たちが外をながめている。自分の上にいたカプセルが下へ行き、下にいたカプセルが上へ行く。食道に変な感じがして、それがこみあげてくるから、目を閉じなくてはならない。動きがなめらかでゆっくりだから、なんとかなるけれど。

そしてカプセルがさがりはじめると、まだおりたくないから悲しくなる。そのままもう一周したいけれど、それは禁止されている。だから、地球に帰ってきた宇宙飛行士の気分で、のる前より少しだけ軽くなってカプセルをおりる。

ぼくたちがサリムをロンドン・アイへ連れていったのは、サリムがまだのったことがなかったからだ。並んでいたときに知らない人が近づいてきて、ただでチケットを一枚くれると言った。ぼくたちはそれをもらって、サリムにあげた。そんなことをしてはいけないのに、してしまった。サリムは五月二十四日十一時三十二分にひとりであがっていき、同じ日の十二時二分におりてくるはずだった。乗りこむときに振り向いて、カットとぼくに手を振ったけれど、その顔が見えたわけじゃない。見えたのは影だけだ。ぼくたちの知らない二十人といっしょに、サリムはカプセルのなかにおさまった。

カットとぼくは、サリムのカプセルが動いていくのを目で追った。てっぺんに届いたとき、ぼくたちふたりは同時に「着いた！」と叫び、カットが笑ってぼくも笑った。だから、そのカプセルでまちがいないとわかった。カプセルがおりてくる途中で、中の人たちが一か所に集まっているのが見えた。みんな、北東にある記念写真用の自動カメラに顔を向けていた。上着や脚、服や袖《そで》の形が黒っぽく見えただけだった。

そして、カプセルが下に着いた。ドアが開き、二、三人ずつ出てきた。ばらばらの方向へ歩いていき、みんな笑顔だった。またどこかで会うことは、たぶんないだろう。

ところが、そのなかにサリムはいなかった。

ぼくたちはつぎのカプセルとそのつぎのカプセル、そのまたつぎのカプセルを待った。それでもサリムは現れなかった。どこかで、どういうわけか、ロンドン・アイにのっていた三十分のあいだに、密閉されたカプセルのなかで、サリムは地球上から消えてしまった。ぼくの脳は、ほかの人とはちがう仕組みで動く。これは、その不思議な脳のおかげで、ぼくがその謎を解明した話だ。

# 2　ハリケーン情報

グロリアおばさんから手紙が届いた日に、それははじまった。

グロリアおばさんはママの妹だ。ママはグローと呼び、カットはグローおばちゃんと呼ぶ。パパはハリケーン・グロリアと呼ぶけれど、それはおばさんがいろいろと破壊の跡を残していくからだという。ぼくはパパに、それはどういう意味なのか、ぼくみたいにぶきっちょなのかと尋ねた。パパは、物を壊すならたいしてひどくないけど、おばさんは人間や気持ちを壊すんだと言った。悪い人だってこと、とぼくは尋ねた。パパは、わざとやってるわけじゃない、だからちがう、ただ、手に負えない人なんだ、と答えた。手に負えないってどういうこと、とぼくが尋ねると、はみ出し者なんだよ、と答えた。はみ出し者ってどういうこと、とぼくが尋ねると、パパはぼくの肩に手を置いて、「あとにしよう、テッド」と言った。

グロリアおばさんからの手紙が届いたのは、いつもと同じような朝だった。ふだんどおり、ドアマットに郵便物が落ちる音が聞こえた。ぼくは三個目のシュレッディ（ひと口サイズのシリアル）を食べているところで、ラジオの天気予報では、きょうは晴れですが、南東部ではにわか雨が降る恐れがありますと言っていた。カットは立ったままトーストを食べ、体をくねくね動かしている。ノミがいるわけでもないのに、そんなふうに見えた。ヘッドフォンで変てこな曲を聴いている。つまり、天気予報は耳にはいっていないから、レインコートも傘もなしで学校へ向かうはずだ。つまり、カットは濡《ぬ》れることになるけれど、ぼくは濡れない。それはいいことだ。

パパが片足だけ靴下をはいて跳びまわりながら、洗濯機が靴下を全部飲みこんだから遅刻するじゃないかと文句を言った。ママは洗濯用の袋をのぞきこんで、替わりの靴下をさがしている。

「テッド、郵便物、早く」ママが言った。もう看護師の制服を着ている。ママがそんなふうにぶっきらぼうにしゃべるときは、ぜったいに言うとおりにしなきゃいけない。シュレッディがどろどろになるのはいやだけれど。

ぼくは封筒を六つ持ってきた。カットがそれを見て、ぼくから取りあげ、大きい茶色のやつと小さい白いやつを抜きとった。白いほうには、ぼくたちの学校の校章が見える。つぶれたXみたいなものの上に主教帽《マイター》がのっているマークだ。カットはそれを大きい茶色の封筒でかくそうとしたけれど、ママに見つかった。

「何をあわててるの、カトリーナ」ママがカットをカトリーナと呼ぶときは、かならずめんどうなことが起こる。

カットはくちびるをきつく結び、茶色の封筒以外の郵便物を全部渡した。茶色の封筒は自分あてで、カトリーナ・スパークと書いてあるのがみんなにわかるように持ちあげてみせた。

封筒を開くと、カタログが出てきた。ヘア・フレアという店のものだ。カットは首を上下に振りながらドアへ向かった。

ぼくは七個目から十七個目のシュレッディを食べた。

パパはお気に入りのテレビ番組〈ローレル&ハーディ〉のテーマソングを鼻歌でうたいはじめた。靴下は両方見つかっていて、トーストにバターを塗るパパの髪の毛は立っている。きっとママならスタン・ローレルに「瓜《うり》ふたつ」だと言うだろう。「瓜ふたつ」は「そっくり」という意味だけれど、なぜそう言うのか、ぼくにはわからない。それに、スタン・ローレルの髪は茶色で、パパはぼくと同じで金髪だから、ぜんぜんそっくりじゃない。

「カトリーナ！」ママがどなった。

十八個目のシュレッディがぼくのスプーンから落ちた。

「何？」

「あなたの学校から来たこの手紙だけど……」

「あたしの学校から来たどの手紙？」

「これよ。さっきかくそうとしたやつ」

「それが何？」

「あなたが先週休んだって書いてあるのよ。診断書もなしで。先週の火曜日」

「ああ、そうね」

「それで？」

「それで、何？」

「どこへ行ってたの？」

「エイウォルだよ、ママ」ぼくはヒントを出した。カットとママがこっちを見る。

「AWOL《エイウォル》。無断外出《アブセント・ウィズアウト・リーブ》って、軍隊のことばだ」

「うるさい、だまって」カットは怒り、ドアを乱暴に閉めて出ていった。

ラジオの番組はニュースにもどった。

「それを消して、テッド」ママが言った。ぼくがあわててつまみをまわそうとしていると、ママはコンセントからプラグを抜いてしまった。部屋は静かになった。パパがトーストを食べる音が聞こえる。

「カットが道をはずれそうよ、ベン」ママはパパに言った。

「道をはずれそう」ぼくはつぶやきながら、交通事故を想像した。たぶんママは、カトリーナの無断外出のことを言っているんだと思った。〝道をはずれる〟は〝なまける〟の別の言い方だろうか。つまり、学校に行かなきゃいけないのに行かないことだ。でも、ママは機嫌が悪いから、確認するのはやめにした。

「道をはずれそうなのに、だれも気にしないのね」ママは言った。

「あの子ぐらいのころは、おれもよくさぼったもんだよ」パパが言った。「バスを乗りついで時間をつぶしたり、公園でたばこを吸ったりしたさ」ぼくは二十個目のシュレッディをのどにつまらせそうになった。パパがたばこを手に持っているところは想像できなかった。いまのパパはたばこを吸わない。パパはママの肩を軽く叩き、ママが顔をあげると、おでこの真ん中にキスをした。おかしな音が出たから、ぼくは残りのシュレッディを食べる気をなくしそうになった。「その話は今夜しよう、フェイス。急いで出かけなきゃ。バラックスの爆破の件で会議があるんだ」

ママのくちびるの端が少しだけあがった。「わかった。じゃあね」

ここで説明しておくと、パパは兵舎《バラック》を爆破してまわっているテロリストじゃなくて、ビル解体の専門家だ。バラックスというのは、ぼくたちが住む南ロンドンの自治区でいちばん高い建物のバーリントン・ハイツのことで、このあたりではそう呼んでいる。そこには以前、社会から排除された人たちが住んでいた。社会から排除されるというのは、学校を追い出されるのとちょっと似ている。校長先生から出ていけと言われるのではなく、社会全体から、いない人間のように扱われるんだ。無視された人たちは、そういう人たちでまとまる。そして、自分たちが社会から受けた扱いに怒って、麻薬をやったり、万引きをしたり、復讐のために危ない組織を作ったりする。バーリントン・ハイツに住んでいた人たちは、そういうことを全部やっていた。もとから悪い人たちだったわけじゃない、とパパは言っていた。あのビルが病んでいるから、みんなも病んでしまう、ウイルスみたいなものだ、とも言っていた。だから、その人たちを新しい施設に移し、ビルを解体してやりなおすことを議会で決めたという。

パパは上着を着ると、「じゃあな、テッド」と言って出かけていった。それからママとぼくはまた腰をおろし、残りの郵便物を見ていった。最後に残ったのはうす紫色の封筒だった。ママはそれを鼻へ近づけて、まるで食べ物みたいに、においをかいだ。そしてほほえんだ。くちびるの端があがったけれど、目がうるんでいる。これは、楽しさと悲しさをいっしょに感じているという意味だ。

「びっくりね」ママは小声で言い、封筒を開いて中の手紙を読みはじめた。ぼくはシュレッディの最後の三個を食べた。三十五個目から三十七個目だ。ママはうす紫色の便せんを置いて、ぼくの頭のてっぺんを荒っぽくなでた。ママがときどきやることだけど、ぼくは手がぶるぶる震えてしまう。

「飛ばされないようにね、テッド」ママは言った。「ハリケーンが来るから」

「いや、来ないよ」ぼくは言った。「これから高気圧が張り出すんだ」ぼくは気象学者だ。というか、大人になったらそうなる。だから知っているんだ。ハリケーンは大西洋上で消滅する。イギリスまで来ることはほとんどない。一九八七年の大嵐も、厳密に言えばハリケーンじゃない。予報をはずしたことで、マイケル・フィッシュという気象予報士が有名になったけれど、その人が言ったことはほんとうはまちがいじゃない。ただの暴風雨だったし、名前もない。ほんとうのハリケーンには、かならず名前がつく。一九五七年に毎時二百五十キロ以上の最大風速を記録したハリケーン・ハンナや、一九八九年にアメリカのノースカロライナ州の半分に大きな被害を与えたハリケーン・ヒューゴのようにね。二〇〇五年にニューオーリンズをおそったカテゴリー5の大型ハリケーン・カトリーナというのもある（史上最悪の大嵐とぼくの姉さんの名前が同じなのは偶然じゃないとぼくは思っている)。

「そういう意味じゃないの」ママはぼくの空になったシュレッディのボウルを片づけながら言った。「ハリケーン・グロリアが来るのよ。わたしの妹。覚えてるでしょ。遊びにくるのよ、息子のサリムを連れて」

「マンチェスターに住んでいる人たち?」

「そうよ。最後に会ってからもう五年もたつのよね。時間はどこへ行ってしまったのかしら」

ママは、時間が天気みたいにやってきたり去っていったりするものだと思っているらしい。ぼくは首を横に振った。「ちがうよ、ママ」ぼくは説明した。「時間はどこへも行かない」

「この家では行くのよ、テッド。ブラックホールへすっと落ちるの」

ぼくはびっくりしてママを見た。どういう意味で言っているんだろう。ママは笑い、冗談よと言って、ぼくの頭をまた強くなでた。「さあ、テッド。学校へ行く時間よ」

ぼくは広場をジグザグに横切って歩きながら、時間とブラックホールとアインシュタインの相対性理論と暴風警報について考えた。ハリケーン・グロリアが勢力を強めて、破壊の跡を残しながら近づいてくる様子を想像した。深く考えこんでいたせいで、広場の変な側へ出てしまい、もう少しで池にはまりそうになって、学校に着いたのはぎりぎりになった。「ブラックホールへ落ちる」ぼくは校庭を走り抜けながらひとりごとを言った。手がぶるぶる震える。「ブラックホールへすっと落ちる」

## 3　ハリケーン接近

その夜、ママはグロリアおばさんの手紙をみんなに読んでくれた。そのままここに書こうと思って、あとでその手紙をさがしたけれど、ママの話だと、うちはせまくてとっておけないから捨てたかもしれないということだった。ぼくが覚えているのはこんな感じだ。

フェイスへ（ぼくのママのことだ）

仲直りしたいの。この前遊びにいったときは、けんかになってしまってごめんね。サリムとあたし、ニューヨークへ行くことになったの。美術館の主任学芸員の仕事を紹介されてね。空港へ行く途中、ちょうど学校の中間休みにあたるんだけど、一日か二日泊めてもらえない？　そっちの家は広くないけど、どうにか寝られるでしょ。サリムならアイロン台の上でも寝られるって言ってる。

グロリアおばさんはそんなふうに書かない、とカットが言っている。もっと飾り立てたことばづかいをするし、あっけらかんとしているそうだ。ぼくには、〝あっけらかん〟の意味がよくわからない。カットは自分が覚えている内容を書いた。それはこんな感じだ。

大好きな、最愛のフェイ

　ずっと連絡しなくて、ほんとにごめんね。目がまわるくらい、ものすごく忙しくって、空をツバメが飛んでいくみたいに何年も過ぎていったの。この前会ったときはけんかになっちゃって、すごく後悔してる。ずうっと心がずきずき痛んでた。どうしてああなったのか、いまじゃよく思い出せないけど、あのころのあたしはほんとうにどうかしてたと思う。サリムの父親と別れたばかりだったし、超越瞑想《ちょうえつめいそう》ともまだ出会ってなかった。いまのあたしは、あのときよりずっと落ち着いてる。

　大ニュースがあるの。すごくいい仕事を紹介されたのよ。ニューヨークの美術館の主任学芸員よ。最高じゃない？　サリムと相談して、引き受けることに決めた。サリムはもう十三歳で、ずいぶん成長してね。でも、こっちの学校で、うまくいってないの。友達も同じアジア系の子ひとりしかいなくて、ふたりともほかの男の子たちにいじめられてるのよ。そう、そのあたしたちをビッグ・アップル《ニューヨーク》が待ってるってわけ。わくわくするような冒険に向かって、人生最大の船旅をする。出発する前にそっちに寄っていい？　一泊か二泊させてもらえないかしら、大好きな姉さん。そっちの家は広くないけど、サリムもいいとこたちにすごく会いたがってるの。アイロン台の上だって寝られるって言ってるのよ！

つまり、ぼくたちふたりがそろって覚えていたのは、アイロン台のところだけということだ。

ママが手紙を読みあげたあと、パパは不満そうにうなって、両手で頭をかかえた。グローおばちゃんって、いかれてるみたい、とカットが言い、アイロン台で寝られるなんてサリムはずいぶん小さいんだね、とぼくは言った。それを聞いてカットとパパとママは笑った。手がぶるぶる震えて、いやな感じが食道にこみあげてきた。またやってしまった。奴隷制度は廃止されたのに、どうしてサッカー選手は人身売買されているの、と尋ねたときと同じだ。あれは、マンチェスター・ユナイテッドのスター選手を別のチームが千二百万ポンドで獲得した、とアナウンサーが言ったときのことだった。

みんなが笑いやむと、パパが、ことわれないなと言い、ママは、そう、ことわれないと言った。カットは、みんなどこに寝ればいいの、ときいた。ママは、グロリアおばさんはあなたの部屋で寝るのよと言い、カットは、そんなのいや、と言った。ママは、がまんしなさい、学校をさぼった罰よ、と言い、学校をさぼった子は、ひと晩やふた晩ソファーで寝ることになっても文句を言う権利はないのよ、とつづけた。

カットは腕を組んで、くちびるをぎゅっと嚙んだ。

「サリムはどうなるの」ぼくは、アイロン台がキッチンの壁に立てかけてあるのを横目で見ながら尋ねた。

「テッドの部屋で寝ればいい。エアマットをふくらませましょう」

ぼくはカットを見た。顔を見て、怒っているのがわかった。ぼくは怒ってはいないけれど、胃が変なふうに痛みはじめた。知らない子が夜にぼくの部屋にいたら、明かりを消すと寝息が聞こえるし、ぼくがパジャマに着替えるところを見られるし、眠れないときにいつも聞く海上気象予報が聞けなくなる、と考えたからだ。

「え、ああ、うん」ぼくの手はひらひら動いた。

「その気持ち、わかる」カットが言った。「ほんと、え、ああ、うん、よ」

「またけんか別れになるんじゃないか」パパがママに言った。パパの言い方はひどい嵐を知らせるときの気象予報士みたいだった。類語辞典でぴったりのことばをさがしてみたら、〝あざ笑う〟というのがあった。

「いいえ、そんなことない」ママは言った。「もうあんな真似はしないから。こんどこそね。グローが何か気にさわることを言ったら、深呼吸して、嵐がわき起こるティーポットのふちで心を静める自分の姿を思い描くの。グローにもそうさせれば、きっと仲よくやれる」

ぼくは、自分がティーポットのふちで心を静める様子を想像してみたけれど、注ぎ口からお湯が噴き出して、熱い津波みたいなものにおそわれるところしか浮かばなかった。グロリアおばさんがやってきて、サリムがぼくの部屋で寝ていることを考えると、そんな気分になる。本物のハリケーンのほうがずっとましだ。

## 4　ハリケーン上陸

グロリアおばさんとサリムは、五月二十三日、日曜日の午後六時二十四分にやってきた。一週間の中間休みの最初の日だった。天気は晴れで、にわか雨が北東に向かって進んでいた。カットとぼくが外を見ていると、ロンドンの黒いタクシーが家の前に停まった。グロリアおばさんが先におりてきた。おばさんは背が高くやせていて、まっすぐな黒髪を肩のところで切りそろえていた（ボブという髪型だとカットは言っている）。ぴったりとしたジーンズに濃いピンクのサンダルをはいている。サンダルの隙間から突き出した両足の大きな親指に、いやでも目が行く。サンダルと同じ色の濃いピンクに塗ってあって、すごく目立っているからだ。でも、いちばん目を引かれたのは、手に持ったたばこ用のパイプだった。細長いたばこが刺してあって、火がついていた。煙が細く立ちのぼっている。

グロリアおばさんって、ファッション雑誌の編集者みたい、とカットは言った。ファッション雑誌の編集者なんて会ったことがないのに、どうしてわかるんだろう。

サリムもお母さんと同じで、やせて背が高く、ジーンズをはいていた。ふつうのリュックサックを背負って、グロリアおばさんのスーツケースを引いていた。黒い髪は短く切ってある。肌は茶色い。カットは、ただの茶色じゃなくてキャラメル色だと言った。ああいうのをすごくかっこいいって言うんだよ、とカットは言った。カットはいつだって、人がかっこいいかどうかばかり考えている。ぼくには、どの人もその人にしか見えない。ぼくはだれからもハンサムだと言われたことはないから、きっと醜いんだと思う。みんなはいつも、カットをすごく美人だと言うから、たぶんそうなんだろう。ぼくには、カットはカットにしか見えない。

だから、ハンサムなのかどうかはわからないけれど、サリムを見ると、心と体が別の場所にあるような感じがして、そこをぼくは気に入った。ぼくもよくそんなふうに見えているはずだ。

サリムとグロリアおばさんは、ぼくたちの家の前庭を通って玄関のドアのほうへ歩いてきた。ママはいつも、この庭のことを切手ぐらいの広さしかないと言う。でも、庭は三メートルかける五メートルあるから、ぼくが前に計算したら、二万二千五百枚の切手を貼れるとわかった。ふたりが玄関のベルを鳴らすより前に、ママが勢いよくドアをあけた。

「グロー！」

「フェイ！」おばさんが甲高い声をあげた。

腕をからませたり、笑い合ったりになって、ぼくは自分の部屋にもどりたかった。サリムはその後ろに立って、ただながめていた。サリムとぼくの目と目が合った。すると、サリムは肩をすくめて空を見あげ、首を小さく左右に振った。そして、まっすぐぼくに笑いかけた。

つまり、ぼくたちは友達になれるってことだ。

気分がよかった。ぼくには三人しか友達がいなくて、全員が大人だった。ママと、パパと、担任のシェパード先生だ。カットはぼくに意地悪ばかりするし、ぼくの話をさえぎるから、友達とは言えない。

「テッド、グローおばさんにあいさつしなさい」ママが言った。

ぼくはグローおばさんの左耳を見た。「こんにちは、グローおばさん」手を差し出して握手しようとした。グローおばさんはぼくを引き寄せて、ぎゅっと抱きしめた。たばこと香水のにおいで鼻がひくひくした。

「こんにちは、テッド。あたしのことはグローって呼んでね。みんなそう呼ぶの」ぼくはおばさんの腕のなかから逃げ出す。「ねえ、フェイス」おばさんはつづけた。「この子、あたしたちのお父さんに生き写しじゃない？　覚えてる？　休みの日でも、いつも背広とネクタイだったよね。テッドはパパそのもの」

しばらく、だれもしゃべらなかった。たしかにぼくは、学校へ行かない日でも制服のシャツとズボンという格好でいる。こういうのが好きなんだ。カットはいつもぼくに、Tシャツとジーンズを着て〝ふつうでさりげなく〟するように言うけれど、そう言われるとますます制服を着たくなる。

サリムは言った。「わかってないな、母さん。テッドは最高にクールじゃないか。きちんとした格好が、またはやってるんだよ。知らないの？」

「んんん」ぼくは言った。

「その服装は見せかけなんだよ。反逆者の精神をかくしてるんだ——そうだろ、テッド?」

ぼくはうなずいた。反逆者と言われるのは気分がよかった。

「さあ、テッド、握手しよう」

握手をしながら、目と目を合わせたとき、ぼくは自分の頭が傾くのがわかった。カットがいつも〝鳴き方を忘れたアヒルみたい〟と言う表情だ。「ロンドンへようこそ、サリム」ぼくは言った。

カットがぼくをわきへ押しやった。「ヘイ、サリム」カットはそう言って手を差し出した。

「けっこう特徴あるね、その話し方。北のほうじゃ、そったらふうに話すっしょー」

「ヘイ、カット」サリムはカットと握手しながら言った。「南のほうじゃ、そげなふうにしゃべるべーよ」

みんなは、おなかがよじれるぐらい笑った。ほんとうにおなかがよじれるわけじゃないんだけど、あまりにも笑いすぎて、おなかがしぼったタオルみたいになるという考え方は好きだ。何がおもしろいのかはよくわからなかったけれど、ぼくも笑った。シェパード先生が、ほかの人たちが笑っているときには笑ったほうがいい、そうすればみんなとなじめて友達になれるって教えてくれたからだ。

「なんできみは南ロンドンなまりまる出しなのに、テッドは国営放送みたいな話し方なの?」サリムがきいた。

「いい質問ね、サリム」ママが言った。「だれにもわからないのよ、テッドが診《み》てもらってる神経科の先生にさえもね。さあ、みんな、キッチンに来て。夕食よ」

ママがキッチンのテーブルを最大に延ばして、二メートル近くにまでしてあったから、六人ですわることができたけれど、いちばんやせているぼくは端っこの席で、中庭へ出るドアに背中を押しつけてすわることになった。ママがテーブルに白いクロスをかけ、そこにぼくが食器を並べてあった。それはぼくの役目なんだ。あとで、ぼくがちゃんとやってあるかどうかをカットがたしかめたけれど、そんな必要はない。食器を並べるのは大の得意だから。ぼくはナイフとスプーンとフォークを電気の回路図のように考えている。ナイフの先からスプーンの下の端へ電気が流れ、スプーンの先からフォークのとがった先端へ流れ、そしてテーブルの端が最後の部分だ。それぞれが直角をなすように並べてあるから、回路は完全な正方形になる。そうすれば、ぜったいにまちがいがない。

カットが庭の花をガラスの花びんに入れてテーブルの中央に置き、木のボードにパンを重ねてあった。飲み物用にうちでいちばんいいタンブラーを出して、折った紙ナプキンをさしてあり、それがガラスのふちからぼくの学校の校章の主教帽みたいな形に突き出している。パパとママとグロリアおばさんにはワイングラスも出してあった。カットは自分の前にもワイングラスを置こうとしたけれど、ママがそれをすばやく片づけて、カットをおてんばマダムと呼んだ。カットがちょっと困ったことをしたとき、ママはいつもそう呼ぶ。

みんながテーブルについた。ママがチキンキャセロールを大きなオレンジ色の鍋から取り分けた。ぼくの大好きな料理だ。グロリアおばさんはずっとしゃべっていた。雨にはもううんざりだから、自分もサリムもマンチェスターを出るのが〝死ぬほどうれしい〟とおばさんは言った。ぼくが北部の降雨時間は人々が思うよりもずっと少ないと言おうとしたら、おばさんはもうニューヨークが〝死ぬほど速い〟街だという話題に移っていた。〝死ぬほど〟と人が言うときは、だいたい〝すごく〟という意味で使っているのは知っていたから、それについては尋ねなくてよかったけれど、街が速いというのはどういうことなのかきいてみた。

「それはね、テッド、ニューヨークじゃ何もかもがすばやく動いてるってこと。映画を早まわししているような感じ。人も、車も、地下鉄もよ。急行があって、地味な駅は飛ばしていくの。ニューヨークにいると、時間そのものがふつうの倍の速さで流れていく気がする」

「ということは、マンハッタンじゃ母さんも倍の速さで歳をとるわけだ」サリムが言った。

グロリアおばさんは笑い、腕を伸ばしてサリムの肩にさわった。「この子ったら、ジョークがうまいの」

サリムの目がテーブルクロスを見た。くちびるが動いたのがわかったけれど、ことばは何も聞こえなかった。サリムはぼくが見ているのに気づくと、目だけを動かして天井を見あげてから、こめかみをつつき、グロリアおばさんを指さしながらだまって笑った。あれは自分の母親がいかれてるって意味だと、あとでカットが教えてくれた。サリムはそのあと、ポケットから携帯電話を取り出して皿の横に置き、ずいぶんきびしい顔でそれを見ていた。

ママがグロリアおばさんにパンをまわした。おばさんは、グルテンフリー・ダイエットをやっているから小麦でできたものは食べないと言った。

「栄養士さんから勧められたのよ」

「ねえ、グロリアおばさん」ぼくは自分用にパンを一枚とった。「健康のためなら、たばこをやめたほうがいいんじゃない?」パパが何かにむせたみたいな咳をした。「きのう、おもしろい統計を見たよ。イギリスにいる全員がたばこをやめたら、国民保健サービスが節約できる額《がく》は——」

「テッド!」ママが言った。

グロリアおばさんはくすくす笑った。「いいのよ、フェイ。テッドの言うとおりだもん。問題は、あたしがニコチン中毒だってこと。だから、パンのほうをあきらめるしかないってわけ」おばさんはカットを見た。「あなたはたばこを吸わないでしょ」

カットは紙ナプキンをひねった。「もちろんよ」

ぼくは眉をひそめた。つい先週、カットが学校の友達といっしょにたばこをくわえているのを見たばかりだからだ。「でも、カット、あのとき——」

「サリム、あなたはニューヨークへ行くのをどう思ってるの?」カットは話題を変えた。

サリムは肩をすくめて笑ったけれど、携帯電話から顔をあげなかった。

「ぜったい気に入るって」グローおばさんが言った。「そうに決まってる。エンパイア・ステート・ビル。クライスラー・ビル。サリムは高層ビルが好きなのよ。建築家になるのが夢。そうでしょ?」

「うん、まあ」サリムは言った。そのとき、携帯電話からジェームズ・ボンドのテーマ音楽が流れた。「ちょっとごめん」サリムはそう言い、あわてて廊下へ出て電話に出た。こんどはグロリアおばさんが目を天井に向けたのをぼくは見た。

サリムがいないあいだ、あす何をするかという話になった。パパは仕事があるけれど、ママは看護師の仕事を一日休むし、学校の中間休みだから、五人で遊びに出かけられるとママは言った。カットはテムズ川のクルーズをやりたいと言った。ぼくは科学博物館へ行きたかった。ママはコヴェント・ガーデンで大道芸人を見たいと言った。グロリアおばさんは美術館を全部見たいと言った。サリムが携帯電話をポケットに入れながらもどってきた。

「サリムが決めたらいい。お客さんなんだから」パパが言った。

「サリムはテート・モダンへ行きたいんでしょ?」グロリアおばさんが言った。

サリムは体を折り曲げ、毒を盛られたようにうめきながらぶるぶる震えた。ぼくはびっくりして立ちあがり、もう少しで中庭へ出るガラス戸をひじで打ち破るところだった。みんなが笑った。

「サリムったら、ほんとうにジョークの実践派よ」グロリアおばさんが言った。

体を起こしたサリムは、どこにも悪いところがなさそうだった。くちびるの上にうっすらと生えた細いひげをなでる。「母さん、かんべんしてよ。もう美術館なんかいやだ」サリムは言った。

「でもテート・モダンはちがうの。火力発電所を改装したのよ。大きな煙突がある。それにうんと高い建物だし」

「だとしても、絵や彫刻だらけじゃないか」

「サリム、もしきみがジョークの実践派なら、ジョークの理論派ってどういうこと？」ぼくは尋ねた。

サリムは考えた。「だれかをからかうことを考えはするけど、実際にはやらないってことかな」

ぼくはうなずいた。それならぼくは理論派のほうだ。カットにいたずらを仕掛けてみようかなって考えることがよくある。十二時半にテムズ川に津波が来るから、自慢の髪がめちゃくちゃになるよ、なんて言ってみたいけれど、ほんとうにやったことはない。

「動物園はどう？」ママが言った。「それか、水族館」

「高い建物じゃないよ」ぼくは言った。

「ちがうよね」サリムは眉のあいだにしわを寄せた。「行きたいところがあるんだ。ロンドン・アイへ行こうよ」

「ロンドン・アイね。二回行ったことがあるけど、楽しいよ、サリム」カットが言った。

「それに高いしね」ぼくは言った。「ウィーンの観覧車より高いんだ。正確に言うと、観覧車じゃない。どちらかと言うと、自転車の車輪に似た設計なんだ。空に浮かぶすごく大きな自転車の車輪だよ。一周するのに三十分かかって——」

カットがぼくのすねを蹴飛ばした。話をやめろという意味だ。

「最高だな」サリムは言った。「それにのりたいんだ。テッドが言うみたいにね。大きな自転車の車輪にのって空を飛ぶんだ。いいだろ、母さん」

「あしたは曇りなんじゃない？」

「そんなことないよ、グロリアおばさん」ぼくは言った。「大型の高気圧の真っただなかにいるから、快晴になるはずだよ」

「でも、並ぶんでしょ」

「お願い、母さん」サリムは言った。「フェイおばさんとコーヒーでも飲んでればいいじゃない。テッドとカットとぼくが並んでチケットを買うからさ。ねえ、頼むよ」

「わかった、わかった。じゃあ、そのあとでちょっとだけテートを見ましょう。だだっぴろい工場みたいな場所が美術館になったのよ。テッドにアンディ・ウォーホルを見せたくてね。アメリカのポップアートの作家で、広告とか有名人の写真を使って作品を作ったの。キャンベルのトマトスープ缶とか、マリリン・モンローとか」

「聞いたことある」カットが言った。「変てこな人でしょ」

「ウォーホルは現代文化の象徴よ」グロリアおばさんは言った。「二十世紀を体現した人物だと言っていい。一説によると、ウォーホルはたぶん」――ママのほうを見た――「そうね。テッドみたいな感じだったらしい」

沈黙があった。

「あたしが言ったとおり」カットが言った。「変てこってことよね」

ママがくちびるをきつく結んだ。カットに腹を立てたらしい。でも、ぼくはかまわない。自分が変てこなのはわかっている。ぼくの脳はほかの人とはちがう仕組みで動いている。みんなにはわからないことがぼくにはわかるし、ぼくにはわからないことがみんなにわかることもたまにある。もしアンディ・ウォーホルがぼくみたいだったのなら、いつかぼくも文化の象徴になるということだ。スープ缶や映画スターの代わりに、ぼくは天気図や制服姿で有名になるだろうから、それはいいことだ。

「決まったね」サリムが言った。「美術館はあと。まず観覧車だ」

というわけで、ぼくたちはロンドン・アイへ行くことになった。サリムのことばで言うと、観覧車へだ。

# 5　夜のおしゃべり

その夜、サリムはぼくのベッドの隣に置いたエアマットで眠った。だれかと同じ部屋で寝たことなんて、これまでほとんどない。手が震えるのがわかった。サリムはあまり話さずにエアマットの上の寝袋にもぐりこんだ。

ぼくから会話をはじめなくてはいけないんだろうか。だけど、何を話せばいい？　軽い話がいいのか、重い話がいいのか。去年の秋、中学校にはいるときにママから言われたことを思い出す。**はじめて会う人とは、軽い話をしなさい、テッド。**それはどういう意味なのかとぼくはきいた。短いことばだけを使って話すこと？　ママは笑い、そうじゃなくて、ふだんの暮らしに関係ある話題をつづけることよ、と言った。天気とか？　ぼくはきいた。ママはため息をついた。「そうね、テッド。天気とかよ。でも、むずかしい天気の話じゃなくて、ちょっとした天気の話」つまり、高気圧や低気圧の話ならいいけれど、台風発生の仕組みや地球温暖化の話をしてはいけないってことだ。

「サリム」ぼくは話しかけた。「軽い話ってする？」

「なんだって？」サリムは起きあがって言った。「しないよ。軽い話なんてつまらない。そんなの、おもしろい話題がないときに時間つぶしのためだけにやることさ」

「じゃ、重い話のほうが好き？」

「ああ、テッド。重い話がいい。いつだってそうだよ」

「天気の話ってどうなのかな。重い話か、軽い話か」

「天気って、雨とか雪とか、そういうの？」

「雨や雪。嵐。前線。それに地球温暖化」

「重い話さ。ぜったいにね。地球温暖化問題は重要だ。映画を観たよ。ニューヨーク全体が水に沈むやつ」

「ロンドンもそうなるかも。いつか」ぼくは言った。

「いや、ロンドンは沈まなかった。マンチェスターも。ニューヨークだけだよ」サリムは、ひざをあごのところまで引き寄せた。「母さんはマンチェスターがきらいなんだ」サリムは言った。「雨がいやなんだって」

「ぼくは雨が好きだよ」あらゆる生物が雨のおかげで生きていることを思いながら、ぼくは言った。

「おれも好きだな」サリムが言った。「ひんやりして落ち着く」

「雨が降らなければ、みんな脱水症で死んでしまうよ」

「そのとおりだ」

「でも、降りすぎると洪水になる」

「うん」サリムはにっこりとした。「洪水になる。ノアの方舟《はこぶね》みたいに」

「聖書に出てくる洪水の話は事実だったって説もあるんだ。だから、また起こる可能性があるんだって」

サリムは首を傾けてぼくをまっすぐ見た。「テッドはなんでそんなに天気に興味があるの？」

ぼくは考えた。「仕組みがあるからね。ぼくは仕組みを考えるのが好きなんだ。気象の仕組みは、変動要因がすごくたくさんあるから理解するのがむずかしい。その変動要因がおもしろいんだよ。もし仕組みがおかしくなれば、災害が起こる。その仕組みがおかしくなりはじめていて、それは人類滅亡を意味すると言う人もいる。ぼくは大きくなったら気象学者になって、いろんなことを予測して人類を滅亡から救いたいんだ。でも、それにはすごく勉強して、変動要因についてすべて理解しなきゃ」

サリムは口笛を吹いた。「洪水が来そうになったら教えてくれるかな、テッド。間に合うように方舟を作りたいからさ」

「いいよ」ぼくは約束した。

サリムは横になり、ぼくは明かりを消した。ぼくたちふたりの呼吸の音に耳を澄ます。こういうとき、ふだんはラジオをつけて海上気象予報を聞く。ラジオは手が届く机の上に置いてあるけれど、サリムが泊まっているあいだは聞いてはいけないとママから言われている。

ぼくの指がふとんのなかでぴくぴく動いた。

ぼくはしばらくしてから言った。「サリム、もう寝た？」

「いや、起きてる。暑いな」

「高気圧が張り出してきているんだ。大西洋から」

「へえ」

「いま何を考えているの？」ぼくはきいた。ぼくが考えていたのは、温暖気流の上昇や、等圧線や等温線のことだ。海上気象予報が頭のなかで流れていた。〃ランディとファストネットの海域は、変風三から四〃。サリムも同じじゃないだろうか。

「別に何も」サリムは言った。「テッドは？」

「天気のことだよ、ずっと」

ぼくたちはまただまった。「〃南または南東の風、五から六〃」ぼくは声に出して言った。

「えっ、何？」サリムは尋ねた。

「海上気象予報を読んでいるつもりなんだ。いまはおだやかだけど、嵐が吹き荒れている。海の上ではね」

「嵐か」サリムは言った。「そうか、飛行機が飛べなくなるな」

「それはものすごく大きな嵐のときだけだよ」

「そうなのか？」

「風力が八から九のときだ。霧のときのほうが飛行機が飛べなくなるよ」

サリムがまた起きあがる音がした。「ねえ、テッド」

「きみの、その――なんとか症候群のことだけど」

「んんん」だれがサリムに話したんだろう。

「質問してもいいかな。それってどういうこと？　どんな感じ？」

これまでだれからも質問されたことがない。ぼくは枕に頭を沈めて考えた。「脳のなかのことなんだ」

「へえ」

「ぼくが病気だってことじゃないんだ」

「うん」

「ばかってことでもない」

「わかるよ」

「だけど、ふつうでもないんだ」

「だから？　ふつうって何？」

「脳がコンピューターだとすると、ぼくの脳はほかの人とはちがうシステムで動いている。配線もちがうんだ」

「いいじゃないか」サリムは言った。

「つまり、ぼくは事実とか物事の仕組みとかについて考えるのはすごく得意で、お医者さんが言うには高機能型なんだって」ある先生がママに、ぼくの情報処理経路はねじけているって言うのを聞いたことがあるけれど、そのことはサリムに伝えなかった。〝ねじける〟を辞書で引いたら、〝邪悪な〟と書いてあったからだ。それじゃぼくが悪人みたいだけど、ぼくはちがう。

「かっこいいと思うな」

「うん。でも、サッカーみたいなことはすごく苦手なんだ」

「おれもだよ。テニスは好きだけど」

「ぼくが好きなのはトランポリン」

「トランポリン?」

「うん。うちにもあったんだよ。毎日その上でジャンプしながら、いろいろ考えていた。もう壊れたけど」

「残念だな。おれもトランポリンは大好きだよ」

「ぼくのその症候群って、複雑なことを覚えるのは得意なんだ。天気についての重要な事実とかね。でも、体操服の袋とか、ちっぽけなことは忘れてしまう。ママはぼくの脳はざるみたいだって言うんだ。記憶に穴があいていて、そこからいろんなものがこぼれ落ちるってこと」

サリムは笑った。「おれもその症候群かもしれないな。よく忘れ物をするから」

「どんなものを?」

「携帯電話とか。それに宿題も」

「ぼくは宿題を忘れたことはないんだ。だから学校でニークって呼ばれるんだってカットは言うけどね」

「ニーク？」

「くそまじめな《ナード》おたく野郎《ギーク》ってこと。ぼくは重い話しかしないから、みんなにきらわれているんだ。だから軽い話の練習もしている。でも、むずかしくて」

「すごく多くのことを知ってるじゃないか。あの本を見ればわかるよ」サリムはそう言って、百科事典が並んでいるぼくの本棚を指さした。「なんでわざわざ自分を変えようとするんだよ」

「シェパード先生から、中身はともかく、うわべだけでもほかの人たちみたいにしたら、もっと友達ができるって言われたんだ」そして、ぼくはこれまでだれにも話さなかったことをサリムに打ち明けた。「人とちがうなんていやだ。自分の頭のなかで生きるのなんか好きじゃない。ときどき、空っぽの大きな空間にひとりぼっちでいるような気分になるんだ。そこにはぼくのほかに何もない」

「まったく何もないのか」

「なんにも。天気すらない。あるのはぼくが考えていることだけだ」

「そういう場所ならおれもわかるよ」サリムは言った。「おれもそんな場所にいるんだ。そういうのって、すごくさびしいよな」

サリムがまた横になる音が聞こえた。歯のあいだからそっと息を吹いている。「さびしくってたまらない」サリムはそうつぶやくと、静かになった。

眠ったのかと思ったけれど、しばらくしてサリムは言った。「おれの学校だと、ニークよりずっとひどい呼ばれ方をするかもしれない。男子校で、女子がいないから、ほんとうにガラが悪いんだよ」

「ガラが悪い？」

「うん。けんかとか脅しとか、しょっちゅうある。ナイフを持ってるやつもいる。そういうのが苦手でね。でも、マーカスってやつと友達になって、うまくいくようになった。おれたちふたりは九年K組でいちばんのモッシャーなんだ。マーカスは、前はパキボーイって呼ばれてた（「パキ」はパキスタン系やインド系移民をさげすんで言うことば）。テッドがニークって呼ばれてるみたいにね。でも、もうだれもそんなふうに呼ばない。モッシャーになったから」

「モッシャー？」ぼくは尋ねた。「モッシャーって何？」

「北のほうじゃ〝何気なくかっこいいやつ〟のことをそう言うんだ。この前の学期に、おれたちは『あらし』っていう劇に出た。マーカスのやつ、最高によかったんだよ。もうだれにもパキボーイなんて呼ばせない」

「『あらし』？ それって、天気についての劇？」

「ああ。シェイクスピアが書いた劇だよ。船が大嵐に遭《あ》う場面からはじまる。きっとテッドもはまるよ」

そう言うと、サリムは眠ってしまった。ぼくは横になったまま、サリムの寝息を聞いていた。『あらし』にはまるって、どういうことだろう。やがてぼくは、〝はまる〟というのもみんなが使うおかしなことばで、そのとおりの意味じゃないんだと気づいた。積乱雲のなかで放電する前の粒子のように、頭のなかの大きな洞穴《ほらあな》で脳波がぐるぐる渦を巻きはじめた。ぼくは自分で海上気象予報を考えた。〝マリンおよびヘブリディーズ海域、北西の風しだいに強く七から九、低気圧はしだいに勢力を強めて北東方向へ、雨、しだいに変風が……〟

窓から涼しい風が吹きこんできた。サリムが深く息をつく。まるで夢のなかで何かの答を見つけたみたいだ。ぼくはグロリアおばさんが言った、アンディ・ウォーホルが現代文化の象徴だということ、たぶんぼくと同じ症候群だということについて考えた。アインシュタインもそうだったと聞いたことがある。脳波が落ち着いた。そしてぼくは眠りに落ちた。

# 6　ロンドン・アイへ出かける

目が覚めると、ぼくのベッドの横に置いたエアマットは空っぽだった。窓から外を見て天気をたしかめたら、太陽が輝いていた。この何日かは高気圧がとどまっている。ぼくがきっと予想したとおり、晴雨計は乾燥した晴天を指し、等圧線の間隔が離れているだろう。サリムはカットといっしょに洗面所にいた。サリムはパパの剃刀《かみそり》を持って、くちびるの上のうっすらとした毛を剃《そ》りながら、笑い声をあげている。

「だけど、それ、かっこいいよ、サリム」カットは言った。

サリムは振り向いて、ぼくにウィンクをした。「剃れば剃るほど濃くなるんだ。芝刈りと同じだよ」

それを聞いてカットはげらげら笑った。ほんとうにげらげらと音がするわけでもないのに、なぜそう言うのか、ぼくにはわからないけれど、みんながそう言う。それに、ひげや芝生を切れば切るほど長く伸びるという理屈も納得できない。だけど、サリムと友達になりたかったから、ぼくも笑った。そして、自分のくちびるの上を指でなでてみた。ひげは生えていない。それはいいことだ。なぜ顔に毛が生えてくるのか、よくわからない。そもそも、ひげを剃るのは危ない。パパはよく、血のついたトイレットペーパーの切れ端を顔に貼って洗面所から出てくる。顔に毛が生えるのは、人間がサルから進化した名残《なごり》だとも言える。前はサルだったことを考えると、人間の知能にはかぎりがあると認めないわけにはいかない。

ぼくたちは朝食にした。ぼくはシュレッディを四十三個食べ、カットはトーストを食べた。サリムはコーンフレークにしたけれど、全部は食べられなかった。それから、みんなで家を出た。ママとグロリアおばさんは、ぼくたちの後ろを歩きながら嵐のようにしゃべっていた。これはみんなが使う言いまわしでぼくが好きなもののひとつだ。けんかしているように聞こえるかもしれないけれど、そうじゃない。ずっとしゃべりつづけて、まわりにぜんぜん注意しないということだ。嵐が起こると、ほかのことに注意を向けるのはむずかしい。

カットとサリムとぼくは、いっしょに前を歩いた。ぼくは両手をポケットに入れて、いちばん車道寄りを歩き、敷石《しきいし》の隙間を跳び越えたり、街灯をまわったりしながら歩いた。ほかの人といるときは、そうやって歩くのが好きなんだ。

ぼくたちはバラックスの横を通った。サリムがずいぶん高いなと言うと、ぼくは二十四階建てだよと言い、カットはもうすぐうちのパパが解体するんだと言った。

「まさか」サリムは言った。

「ほんとよ」カットが言った。

「なぜ壊さなきゃいけないんだ」

「パパが言ってたけど、麻薬とか注射針とか自殺願望者とかでいっぱいなんだって。それにゴキブリも」

「げえ」

「そうね。郵便屋さんもあそこには配達しないって」

サリムは見あげた。「ずいぶん高いなあ」

カットは別の高層ビルを指さした。「ママはあそこで働いてるの。ガイズ病院」

「すごいな」

「うん」

病院は銀色に輝きながらそびえ立っている。サリムは目を大きく見開き、口をあけて高層ビルを見ているから、ロンドンをすごく気に入っているんだろう。それからぼくたちは階段をおりて、地下鉄にのった。カットとサリムは隣り合わせにすわり、ぼくはふたつ離れた席で知らない人にはさまれてすわった。ぼくは胸の前で腕を組んで、手がひらひらしたりぶるぶる震えたりしないようにした。そういうのはやめたほうがいいって、シェパード先生から注意されたからだ。ぼくはロンドンの地下鉄路線図を見た。それは図式化されたものだ。図式化された路線図というのは、実際の地図をすごく簡単にしたもので、縮尺が正確ではないから、ほんとうの距離とは関係がない。駅は電車の乗りおりや乗り換えの場所として、交差するまっすぐな線の上にきれいに並んでいるけれど、ほんとうはもっとごちゃごちゃしている。もしサリムの隣にすわっていたら、地図にはいろいろあって、路線図と地形図はまったくちがうことを説明したかったんだけど、サリムのすわっているほうを見ると、カットが銀色のマニキュアを塗った爪を見せながら、サリムにどんな友達がいるのかと尋ねているところだった。カットはいつもそういう話をしたがる。ぼくはサリムが退屈していないか見てみた。人が退屈しているときは、顔の筋肉がまったく動かなくて、目は開いていても何も見ていない、とシェパード先生が教えてくれた。だから、人と話すときはかならずそのことに注意しなくてはいけないんだって。サリムは笑いながらカットをつついていたから、退屈していないと思ったけれど、ぼくならそんなのは退屈だ。

ぼくたちはエンバンクメント駅でおり、ゴールデン・ジュビリー橋を渡って、景色を見ながら歩いた。空は青く、テムズ川は灰色だった。ロンドン・アイは白い。カプセルの動きはゆっくりで、ほとんど動いていないように見えた。

テムズ川を半分渡ったところで、サリムはポケットから、フィルムを使う古い型のカメラを取り出した。

「おもしろいカメラね、サリム」カットが言った。

「ニューヨークへ行くんで、母さんが買ってくれたんだ。デジタルのやつがほしかったんだけど、長い目で見れば、こういうカメラのほうが写真を撮る勉強になるって」

そしてサリムは、目につくものをいろいろと写しはじめ、ロンドン・アイを背景にしたカットとぼくの写真も撮ってくれた。シャッターを押したとき、サリムの携帯電話からジェームズ・ボンドのテーマの着信メロディが鳴った。サリムは橋の欄干《らんかん》にもたれかかり、任務中の007みたいに話しはじめた。だれにも聞かれたくないらしい。

「また電話！」サリムが通話を終えて携帯電話をしまうと、グロリアおばさんが言った。

「こんどはだれからだったの？」

「前とちがう友達だよ。マンチェスターからお別れを伝えてきたんだ。さあ、行こう。遅れそうだ」

「何に遅れるの、サリム」ぼくは尋ねた。

「観覧車さ」

「ロンドン・アイなら遅れる心配はないよ」ぼくは言った。「一日じゅうまわっているんだ。一時間で二周する。暗くなっても動いているよ」

ビッグ・ベンが十一時の鐘を鳴らしたとき、ぼくたちはチケット売り場に着いた。すごく長い列ができている。大人ふたりは不満の声をあげた。

「無限よ」ママが言った。

「ちがうよ、ママ。無限っていうのは――」

「先にテートへ行って、もどるのはどう？」グロリアおばさんが言った。

「約束がちがう！」サリムが大声を出して足を踏み鳴らした。眉毛と目がくっついている。

「サリムの言うとおりね」ママが言った。「約束したじゃない、グロー。ゆうべ決めたとおりにしなくちゃ。ほら、カット。これで……」ママはカットに金額の大きいお札を渡した。

「チケットを買ってきて。グロリアとわたしはあそこのカフェで待ってるから。チケットが買えたら、いっしょに並ぶようにする」

カットは目をまるくしてお金を受けとった。ヒョウ柄のリュックサックに慎重にしまいこむ。それからカットとサリムとぼくは、チケットの列のいちばん後ろをさがして、そこに並んだ。ぼくたちの前にいた女の人が、その前の女の人に、どれぐらい待つことになるのかときいた。ぼくたちのふたり前の女の人は、チケットを買うのに三十分、のるまでにもう三十分だと答えた。

「まる一時間って」カットは文句を言った。「長すぎじゃない？」

「カット」ぼくは言った。「一時間なんて、永遠の時間という海のほんの一滴だよ」これはぼくたちの教会のラッセル先生が人間の一生について言ったことだ。

サリムはにっこり笑った。「そのとおりだな」またカメラを取り出し、立っている場所から写真を撮った。一枚撮らせてくれないかとぼくは尋ねた。

「やらせちゃだめよ、サリム」カットが言った。「テッドは、そういうことはまるでだめなの。道の表面の石とスニーカーが半分写った写真ができあがるのが落ちよ」

だけど、サリムはそれを無視して、カメラを渡してくれた。ぼくはファインダー越しに観覧車の真ん中に焦点を定めた。ボタンを押したとき、カメラが少し動いた。それを目から離すと、男の人がこちらへ歩いてくるのが見えた。古びた革のジャケットの前をあけ、何か書いてある黒いTシャツを着ているけれど、なんと書いてあるかまでは気をつけて見なかった。髪の毛が黒っぽく、あごには無精ひげが生えている。週末に一日ひげを剃らないと伸びてそうなる、とパパがよく言うやつだ。その知らない男の人は、近づいてくるとたばこを投げ捨てて、かかとで踏みつぶした。ごみのポイ捨てで千ポンドの罰金を科せられてもいいはずだけど、ぼく以外にはだれも気づいていないみたいだった。

男の人はまっすぐ近づいてきた。「なあ、きみたち、チケットを買うのか?」

五人ぶんのチケットを買うために並んでいる、とカットが説明した。その知らない男の人は、ぼくたちさえよければ、自分が持っているチケットを一枚くれると言った。もうすぐのれるところまで並んでいたけれど、気が変わった、ぜったい耐えられない、と言う。

「耐えられない?」サリムは言った。男の人の手にあるチケットを見て、ロンドン・アイを見あげた。

「閉所恐怖症なんだ。あんなアクリルのカプセルに閉じこめられたら気絶しちまう」

知らない人と話してはいけないのも忘れて、ぼくは言った。「カプセルはアクリルじゃなくて鉄とガラスでできています」

「もっと悪いさ!　ガラスだと?　ごめんだね」

「強化ガラスですよ。すごく丈夫で安全で――」

「じゃ、チケットはいらないってことですか?」サリムがさえぎって言った。

「きみらにやるよ」男の人はチケットを取り出した。「十一時半にのれるチケットだ。あそこにいる子が――」――サングラスをかけて、ピンクのふわふわジャケットを着た女の子を指さした――「順番をとってる。もうすぐのるところだ」

サリムはカットを見た。「どう思う?」

「どうかな。ママからはみんなのぶんのチケットを買うように言われたんだよね。すごくい話だけど――」

ぼくの手がぶるぶる震えだした。知らない人と話したり何かもらったりしてはいけないことを思い出したからだ。でも、サリムは両手をあげて「列がぜんぜん進まないから、みんなでのるのは大変だよ」と言っているし、カットはどうしようかと〝天秤にかけて〟いるのがわかった。つまり、どちらを選ぶか考えているということだ。いちばん年上だから責任がある。

「わかった」カットは言った。「ママとグローおばちゃんは、お金も時間も節約できるから、きっと喜ぶよね。テッドとあたしは前にものったことがあるし。サリムがもらえばいいよ。お客さんだから」男の人がチケットをくれ、並んでいたところまでぼくたちを連れていった。ぼくの手はまた震えた。自分はこの日ロンドン・アイにのれなくなるわけだし、ほんとうは話もしてはいけない無精ひげの知らない人に頼ることになるからだ。

「じゃあ、楽しんで」男の人はにっこり笑った。

「ほんとうにありがとう」サリムは言った。くちびるの両端が耳につきそうなぐらいだった。カットとぼくはチケットを回収する係の人のところまでサリムといっしょに行った。係の人は「十一時半のチケットをお持ちのかたはこちらへ!」と大声で呼んでいた。サリムはもらったチケットを渡し、ぼくたちにウィンクをして笑った。そして、ほかの人たちといっしょに、ロンドン・アイの乗り口に向かってジグザグのスロープをあがっていった。

「あっちの出口の近くで待ってるから」カットが呼びかけた。

サリムはうなずいた。ぼくたちはガラス越しに、乗り口へ向かっていくサリムがただの影になるまで見ていた。カプセルのドアが開いて閉じる場所で、サリムの影がぼくたちに向かって最後に手を振った。そして、ほかの人たちといっしょに急いで乗りこんだ。ぼくは乗りこんだ人たちが何人かとかぞえた。サリムを入れて二十一人だ。カプセルのドアが閉まった。ぼくは自分の腕時計を見た。五月二十四日、十一時三十二分。「サリムは十二時二分におりてくるよ」カットに言った。

# 7　車輪はまわる

「ずっとサリムを目で追ってられるかな」カットが言った。サリムののったカプセルがあがっていく。後ろへさがって見ると、六時の位置から四時の位置まで、反時計まわりでゆっくり動くカプセルを目で追うことができた。

ながめながら、ぼくはロンドン・アイについて知っていることをカットに話した。ほかの観覧車とはちがうことや、晴れた日には四十キロ先まで見渡せることをだ。でも、カットはぼくの話をさえぎった。「あんた、サリムのこと好き？」

「サリムはぼくたちのいとこだ」ぼくは言った。「だから、遺伝子プールの五十パーセントが同じなんだよ」

「そういうことじゃなくて、サリムを好きかってこと」

「んんん。ぼくは——」

「何も感じないの？　ぜんぜん？」

「好きだよ。ぼくの友達だ」

カットはうなずいた。「かわいいよね」

「かわいい」ぼくはつぶやいた。カットはいろんなものをかわいいと言う。猫、サッカー選手、映画スター、スカート、赤ちゃん。なんでもかわいいと言うから、かわいいということばにあまり意味はない。かわいくないものってなんだろう？　たぶん、ぼくだ。カットからかわいいと言われたことは一度もない気がする。

「サリムはモッシャーなんだよ」

「モッシャー？」

「北のほうじゃ〝何気なくかっこいいやつ〟のことをそう呼ぶんだって」ぼくは言った。

「さびしいときがあるとも言っていた」

「そうなの？」カットは驚いたようだった。「ニューヨークへ行かなくちゃいけないからじゃないかな。あたしだって、友達みんなと別れなくちゃいけなくなったら、さびしいもん」

ぼくたちはロンドン・アイがまわるのをずっと見ていた。巨大な時計にも見えるけど、まわり方は逆だ。サリムがのったカプセルは三時の位置から二時へ向かって動いている。低いところを飛ぶ飛行機の音が聞こえた。

「カット」ぼくは言った。

「何？」

「何かにはまるってどういう意味？」

「はあ？」

「ぼくがきっと『あらし』にはまるって言われたんだ。先学期、サリムは学校でその劇に出たんだって」

カットは笑った。「あたしも学校でそれ読んでるよ。モイニハン先生はいつも、あたしにミランダの台詞を読ませるんだよね。ミランダなんて、つまんない女」

ぼくは考えた。「じゃあ、はまらなかったってこと？」

「ぜんぜんよ」カプセルは一時の位置に近づこうとしている。「グローおばちゃんのことは、どう思う？」カットがきいた。

おばさんがいろいろと破壊の跡を残していくとパパが言ったことを思い出した。それから、おばさんがぼくのことを現代文化の象徴のアンディ・ウォーホルみたいだと言ったことも。

「よくわからない」

「あたしもよ。パパがママに、グローおばちゃんは頭のねじがはずれてるって言ってるのを聞いちゃった。冷蔵庫の上に空っぽのワインのびんが二本あったのも見ちゃったし」

ぼくは頭のなかで、グロリアおばさんが自分の頭のほうへ手をやって、ドライバーでねじを締めているところを想像した。「それって、ぼくが頭のねじが一本足りないって言われるのと同じこと？」

「ねじがはずれてる。ねじが一本足りない。たががゆるんでる。釘が抜けてる。なんでもいいって」

カットが笑ったから、ぼくも笑った。カットが言っていることを理解できたからだ。グロリアおばさんのせいで、パパの頭がおかしくなりそうなのに、それのどこがおもしろいかはわからなかったけれど。

そのとき、サリムのカプセルがいちばん高いところ、十二時の位置に到達したから、ぼくたちは「着いた！」と同時に叫んで、また笑った。こんどはぼくも笑う理由がわかった。ぼくたちは同じカプセル、サリムがのったカプセルをまちがいなく目で追っていた。時計は十一時四十七分。予定どおりだ。太陽の光がガラスに反射した。

カプセルはゆっくりと九時の方向へおりていく。前にのったとき、最後のほうで自動カメラが記念の写真を撮ったことを覚えている。ロンドン・アイには、ビッグ・ベンを背景にした全員の写真をうまく撮れるような位置にカメラがある。八時と九時のあいだのどこかだ。サリムのカプセルのなかの黒い影が一か所に集まって、カメラがある北東の方向に顔を向けるのが見えた。フラッシュが光ったのもわかった。

それからぼくたちはサリムと待ち合わせた場所へ歩いていって、カプセルがおりてくるのを待った。カプセルは十二時二分ちょうどにもどった。カプセルのドアが開いた。日本人観光客の大人六人のグループがまず出てきた。つぎに、太った男の人と太った女の人が小さい子供ふたりを連れておりてきた。子供たちも太っている。たぶん家族全員がインスタント食品ばかり食べていて、食生活を改めなきゃいけない。それから、ピンクのふわふわジャケットを着た女の子がボーイフレンドと腕を組んで出てきた。つぎは、レインコートを着た背が高くてがっしりした白髪の男の人で、書類かばんを持っていた。ロンドン・アイじゃなくて通勤電車からおりてきたみたいだ。そのつぎは、背が高くてやせた金髪の女の人で、自分よりずっと背が低い白髪の男の人と手をつないでいる。最後に、ゆったりとした派手な色のドレスを着たアフリカ系の女の人ふたりが、遊園地にいたみたいに笑いながら出てきた。ふたりといっしょにいるいろんな歳の四人の子供たちも、みんなすごく楽しそうだった。

でも、サリムの姿はなかった。

何かおかしい、とすぐにわかった。

「んんん」ぼくは言った。

カットは顔をゆがめた。「あの日本人グループといっしょだったはずなのに……」乗客たちはばらばらの方向へ散っていった。「つぎのカプセルかな」

つぎのカプセルを待ったけれど、サリムはいなかった。そのつぎのカプセルにも、そのまたつぎにも。

いやな感じが食道のあたりにこみあげた。

「ここで待ってて」カットはそう言って、ぼくの手を握った。「動いちゃだめ」

カットは手を離し、走っていった。こんな人混みのなかに置いていかれるのは好きじゃない。ぼくは、まばたきをしながらあたりを見まわして、サリムの姿が現れるのを待った。そのうち、カットともはぐれたかもしれないと思いはじめた。そして、ママとグロリアおばさんをどうやって見つければいいかわからないことに気づいた。つまり、ぼくも迷子だ。手がひらひら動きはじめたけれど、止めることも忘れていた。

そこへカットが帰ってきた。「サリムは見あたらない？」

「いないよ、カット」

「これを買った」カットは言った。「記念写真よ。見本を全部見たけど、前のにも、そのあとのにも、サリムは写ってなかった。これは日本人グループとアフリカ系の女の人たちがいたカプセルの写真」

カットは写真を差し出し、ぼくはそれを見た。知らない人たちがカメラに向かって笑い、手を振っている。カプセルはほぼ満員だったから、写っている人たちはあちらこちらが切れていた。顔が半分しか写っていない人もいたし、腕しか写っていない人もいた。けれど、サリムだと思えるものはまったくなかった。

「サリムはいない」ぼくは言った。そして、つづけた。「サリムが消えた」

カットはうなった。「ママとグローおばちゃん、かんかんになるよね」

# 8　のぼったものがおりるとはかぎらない

ぼくたちはママとグロリアおばさんがコーヒーを飲んでいる場所へ歩いていった。

「うそをつこう」カットが言った。「知らない人からチケットをもらったなんて言えないよね」ぼくの手首を痛くなるほど強くつかんだ。

「うそ」ぼくはつぶやいた。「んんん。うそ」

「人混みでサリムが迷子になったって言うのよ。それで――」カットは手首を離した。「ああ、だめね。あんた、うそをつくことなんてできっこないもん。鳴き方を忘れたアヒルみたいな顔はやめて！」

ぼくたちはママとグロリアおばさんがいる席に近づいた。また嵐のようにしゃべっている。ぼくたちはだまってふたりの横に立った。耳のなかで激しく音がひびきはじめた。血圧が急にあがった気がする。カットに腹を立てたときにそうなるってママが言うのと同じだ。

「あら、いたの」グロリアおばさんが言った。「チケットは買えた？」

カットはぼくが何か言うのを待っていた。

ぼくはカットが何か言うのを待っていた。

「サリムはどこ？」ママが言った。「まだ列に並んでるの？」

「んんん」ぼくは言った。「ちがう」

ママはぼくたちの後ろにサリムがいないかとのぞき見た。「じゃあ、どこに？」

「わかんない！」カットがいきなり言った。「知らない男の人が来て――チケットを一枚、ただでくれるって言ったの。チケットを買ったんだけど、のれそうにないって思ったんだって」

「閉所恐怖症なんだ」ぼくは言った。

「そう。それに列がものすごく長くてね。だからチケットをもらった。それをサリムにあげたの。サリムはひとりでのった。そして、おりてこなかった」

グロリアおばさんは目に手をかざしながら見あげた。「なら、まだ上にいるのね」笑いながら言う。

カットは手を口にあてた。指が小さな虫のように震えている。こんなカットは見たことがない。「そうじゃない。もうずっと前にあがってったのよ。テッドとあたしはそのカプセルを目で追ってた。でも、おりてきたとき――サリムはいなかったの」

ママの顔がゆがんだ。こういうときは（a）困っている、（b）怒っている、（c）その両方、のどれかだ。「いったいどういう意味？　サリムはのらなかったの？」

「のって、あがっていったんだよ、ママ」ぼくは言った。「でも、おりてこなかったんだ」

ぼくの手はひらひらと動き、ママの口はOの字みたいにまるくなった。「サリムは重力の法則に逆らったんだ。あがったのに、さがらなかった。つまり、ニュートンはまちがっていたことになる。んんん」

ママの顔は〝困っている〟よりも〝怒っている〟になった。でも、グロリアおばさんの顔は折り目のない紙みたいになめらかだ。「何が起こったかわかると思う」おばさんはにっこり笑って言った。

「わかる?」ぼくたちは口をそろえて言った。

「きっともう一周まわったのよ」

この単純な答にカットとぼくは感動した。

「そうか。そのままのってたんだよ」カットは言った。

ぼくは自分の腕時計を見た。「それなら十二時三十二分におりてくる」

ぼくたちはロンドン・アイにもどった。こんどはママもいっしょだ。サリムがぼくたちと行きちがいになってもグロリアおばさんと会えるように、おばさんはカフェに残ることにした。

ぼくたちは何台かのカプセルのドアが開いてまた閉じるのを見守ったけれど、サリムはどこにもいなかった。十二時三十二分が過ぎた。サリムはいない。ママが係の人に何か知らないかと尋ねた。お客さま係の女の人が来て、話をした。力になりたいけれどできない、とその人は言った。ロンドン・アイの規則では、子供は大人の付き添いなしでのってはいけないことになっているそうだ。

ママの眉毛が真ん中でぴったりくっついた。「カット、あなたを信頼してたのに。どうしてそんなチケットをもらったりしたの？　どうしてサリムをひとりでのせたりしたの？」

そのとき、びっくりするようなことが起こった。カットが泣きだしたんだ。こんなことは何年もなかった。カットは両手のこぶしをほおの骨に押しあてた。「いつもあたしが悪いんだ。テッドはいつも悪くない。いつもあたしのせい。テッドはぜったい悪くないわけね」

「あなたのほうが年上でしょう。だけど、中身はたいして上じゃないってことね」

ママはくちびるを噛み、ふたりはにらみ合った。

「サリムの携帯電話にかけてみようよ」ぼくは言った。

ママはぼくが何か変なことを言ったときのように眉をひそめた。それから、表情が晴れた（これは、だれかが不安そうだったのに急に元気になるという意味で、天気を使ったたとえだからぼくは好きだ。黒い積乱雲が通り過ぎて太陽が出てきた空のように、人の表情は晴れることができる）。「そうよね、テッド！」ママはほほえんで言った。「あなたって天才ね。まずそれを考えつくべきだった」

ぼくたちはグロリアおばさんが待っている場所へ急いでもどった。サリムの姿はない。ぼくたちがサリムといっしょではないのを見て、おばさんは大きなため息をついた。「あの子ったら、どこへ行ってしまったの？」

ママがグロリアおばさんのハンドバッグを手にとった。「サリムに電話してみて。携帯電話があるでしょう。電話するのよ」

「そうね」グロリアおばさんは言った。「すぐそばにいるかもしれない」

おばさんは笑顔になって首を縦に振り、番号を押して電話を耳にあてた。ところが、おばさんの表情は〝晴れ〟ではなくなった。雲におおわれたんだ。

**「おかけになった携帯電話は電源がはいっていません」**おばさんはそのまま言った。**「のちほど、おかけなおしください」**

おばさんは携帯電話をテーブルに置いた。くちびるが震えている。

「なぜ電源がはいってないの？」おばさんは小声で言った。「どうして？」

カットに言わせると、ぼくたちはそのあと一時間、頭をなくしたニワトリみたいにサウス・バンクを勢いよく歩きまわった。ニワトリが頭を切り落とされてもしばらく、すごい動きで走りまわるのは、不思議だけれどほんとうのことだ。でも、ニワトリは一時間も走りまわらないと思う。あちこちをさがしまわったけれど、サリムはどこにもいなかった。係の人のところへもどると、その人が警察を呼んだ。巡査はぼくたちの名前と住所を尋ねた。そして、サリムがぼくたちの家へもどる方法を知っていると思うかときいた。たぶん、とぼくたちは答えた。巡査は三つのことをするように言った。

（a）サリムの電話に何度もかけなおす。

（b）家に帰って待つ。

（c）気持ちを落ち着かせる。

巡査は、サリムが行方不明になったことをこの区域を巡回しているほかの仲間にも伝えると言った。数時間でもどらなかったら、刑事が来てくれるという。カットは、サリムがロンドン・アイにのってからおりるまでのあいだにいなくなったと説明した。巡査はカットの気のせいだと思ったようだった。

「子供がどこへともなく蒸発するなんてことはありませんよ」巡査は言った。「わたしの知るかぎりではね」

だから、ぼくたちは（b）に従って、家へ帰って待つことにした。サリムがうちの前の庭で待っていることを期待したけれど、そこにもいなかった。そこで、グロリアおばさんは（a）を実行し、携帯電話のリダイヤルボタンを何度も押しつづけた。ママはおばさんを部屋に入れ、お茶を用意した。カットは陶器のお皿を持ってきて、フィンガーチョコレートを並べた。それがママとカットの（c）のやり方だった。でも、だれも食べなかった。みんなが気持ちを落ち着かせようとしたけれど、無理だった。

それからママがパパに電話して、事情を説明した。パパは角を曲がった先のバラックスにいて、仕事はもうすぐ終わる、帰ったら何か手伝えることがないか教えてくれと言った。ママは電話を切った。すぐに呼び出し音が鳴った。グロリアおばさんが受話器をつかんだ。

「サリムなの？」おばさんは大声で言った。

おばさんは相手の言うことを二、三秒聞いていたけれど、その顔は小氷河期に変わった

(これはぼくが考えた表現だ。意味がわかってもらえるといいけど)。おばさんは受話器を叩きつけた。

「とんでもない」おばさんは言った。「サンルームの窓を売りつけようだなんて」サンルームの窓を売ることが人類に対する犯罪のように聞こえた。おばさんは暖炉の棚の上の時計を見た。

「もう三時間」おばさんは言った。「行方がわからなくなって三時間よ。こんなの、はじめて」

そしておばさんは、片方の手のひらをもう片方のこぶしで叩きながら部屋を歩きまわった。見ていて、とてもおもしろかった。天気にたとえたらどんな感じだろうと考えて、叉状電光《さじょうでんこう》をともなう局地的な雷雨だと思いあたった。

「サリム」おばさんはまるでサリムが部屋にいるように言った。「はらわたをガーターにしてやるからね(こらしめてやるという意味)」

そんな言い方ははじめて聞いたし、ガーターというのが何かもわからなかった。あとでカットが、女の人が太ももにつけてストッキングがずり落ちないようにする、ゴム入りの輪っかのことだと教えてくれた。はらわたをそれに使うのはいい方法じゃない、とぼくは思った。

それからグロリアおばさんは「ああ、あの子ったら。いったい何をされたの?」と言った。だれに何をされたと言っているんだろう、とぼくは思った。

それから「水曜までにもどらなかったら、ニューヨーク行きの飛行機にのれない」と言った。

それから「あのばかなおまわり。気持ちを落ち着かせろだなんて。きっと子供がいないのよ」と言った。

それから「悪いやつにさらわれたとしたら？　ああ、まさか、そんな！」と言った。

そして、ぼくが見ているのに気づいた。

「何見てるのよ」おばさんはピンクに塗った爪をぼくに向けて、指を振りまわした。「あんたがロンドン・アイへ行こうなんて言わなかったら、こんなことにはならなかったのよ。空に浮かぶ巨大な自転車の車輪とやらへ！」ソファーにどさっと倒れこみ、涙声《なみだごえ》になった。

「ああ、テッド、ごめんなさい。こんなこと言うつもりじゃなかったの」

「グロー！」ママがおばさんに駆け寄った。「さあ、落ち着いて」そしてママは、うっとうしいハエがいるみたいに、ぼくを手で追い払った。つまり、ぼくに近くにいてもらいたくないってことだ。

ぼくはキッチンにいるカットのところへ行った。カットはヘッドフォンをつけてテーブルに突っ伏していたから、ぼくのことが見えないし、聞こえてもいない。

だから、ぼくは自分の部屋へあがった。

## 9　ドードー、帆船、そして伯爵

ぼくはベッドにのったあと、ゆうべサリムが寝ていたエアマットの横へ跳びおり、それから壁をこぶしで叩いた。そして、またベッドに跳びのり、また跳びおりて、壁を叩き、「んんん、んんん」と言いながら、ベッド、床、と繰り返した。小さいころ、ママとパパがトランポリンを買ってくれるまで、いつもやっていたことだ。トランポリンが来てからは、その上で跳びはねるようになった。トランポリンは破れたけれど、もう古い習慣にはもどらなかった。もう大きいんだから、そんなことをしたら壁も家具も壊れてしまうとママに言われたからだ。

だから、何年もやっていなかった。どんなに気分がいいかを忘れていた。跳ぶのに疲れたぼくは、百科事典を何巻か取り出して、壁に背を向けてベッドでまるくなり、おもしろそうな項目をながめていた。

ドアをノックする音がした。カットがはいってきた。

「テッド」カットはドアを閉めて、後ろへ寄りかかった。「まだ上着を着たままじゃない。なんでいつも脱ぐのを忘れるの？」

ぼくは肩をすくめて、上着をしっかりとかき合わせた。

「テッド、協力して」カットはそう言い、ベッドにいたぼくの隣にすわった。ふだんはしないことだ。「あんたしかいないんだ。ママは口をきいてくれない。グローおばちゃんはあたしを人間の顔をした悪魔だと思ってる。パパは仕事から帰ってきたけど、あたしが何か言おうとしても首を横に振るだけ」

ぼくは顔をあげた。「ドードーは消えたんだ、カット」

「はあ？」

「ドードーだよ。進化の道筋から抜け落ちた」

「ああ、ドードー鳥ね。だから？」

「消えたんだよ。ダーウィンなら、生存に適していなかったから生き残れなかったと言うはずだ」

「サリムは進化の道筋から抜け落ちたわけじゃないと思うけど」

「うん、それはわかる。でも、ぼくは失踪事件のことを考えていたんだ。百科事典でいくつか調べたよ」

「そうなの？」

「ルーカン卿《きょう》と呼ばれていた伯爵がいるんだ。自分の子供たちの乳母を殺害して、後悔のあまり断崖から身を投げたと言われている。もしかすると、そうなのかもしれない。だけど、遺体が見つかっていないんだよ、カット。もしかすると、そう見せかけただけで、名前を変えてどこかで変装して生きているのかもしれない。インドに渡って長髪のヒッピーになったという説もあるんだ」

「その話がどう関係あるのか、あたしには――」

「もしかすると、自殺したのかもしれない。だれかの家の中庭に埋められているのかもしれない」

しばらく無言がつづいた。「あんまりヒントになるような話じゃないね、テッド」

「メアリー・セレスト号事件というのもあるよ。メアリー・セレスト号はニューヨークの港から出た全長三十メートルの帆船なんだけど、ポルトガル沖で発見されたとき、だれものっていなかったんだ。まるで宇宙人にさらわれたみたいに」

「テッド、冗談を言ってる場合じゃないと思う」

ぼくは音を立てて本を閉じた。

「そうか」カットは言った。「冗談じゃないんだ。当然か。あんた、ぜったいに冗談は言わないもんね。で、結局、何が言いたいの？」

何が言いたいのか、自分でもわかっていなかった。ドードーとルーカン卿とメアリー・セレスト号の乗組員とサリムを結びつけるのは、姿を消したということだけだ。ぼくはカットのまるまった肩を見つめた。部屋は静かで、カットとぼくの呼吸の音しか聞こえない。ぼくはがんばって、片手をカットのまるまった肩の上に置いた――すごく努力が必要だったけれど、どうにかできた。カットの肩は細くて柔らかかった。

「カット」ぼくは言った。「協力してやっていこうよ。人はいなくなる。物はなくなる。ほとんどはまた現れる」

カットはぼくの手に手を重ねた。涙がほおを伝うのが見えた。カットは首をかしげた――鳴き方を忘れたアヒルみたいだ。肩に置いたぼくの手に涙が落ちるのがわかった。しばらくのあいだ、カットの手と自分の手の区別がつかなかった。ぼくは人にさわるのが苦手だ。涙で濡《ぬ》れて重なった手の感触のせいで、どこからがカットでどこまでがぼくか、ふたりともわからなくなったような気がした。

「テッド」カットは頭を振りながら言った。「メアリー・セレスト号の人たちはもどらなかった。ドードーも。その、なんとか伯爵も」ことばを切り、まばたきして涙をこらえる。「あの巡査の言ったとおりよ」カットはつづけた。「人はただ蒸発したりはしない。サリムはきっとどこかにいる。あたしのせいでサリムがいなくなったのなら、あたしが見つけなくちゃ。でも、あんたの力が必要なの。あんたの頭脳が必要なのよ、テッド。あんたほど考えるのが得意な人はほかにいないから」

カットにほめられたのは、はじめてだった。ぼくは両手を上着のポケットに突っこんで、自分のスニーカーを見おろした。「んんん」そのとき、空っぽのはずのポケットに何かがあるのに気がついた。それを取り出すと、カットとぼくは目をみはった。

「サリムのカメラ!」カットが言った。

# 10　好きだけどきらい

　カットはぼくからカメラをひったくって、手のひらにのせた。「あそこで写真を撮ったあと、チケットの列に並んでるとき……無意識にポケットに入れたんだね」

　ぼくは手を伸ばしてカメラを取りもどそうとした。でも、カットはぼくの手が届かないようにした。

「サリム、どんな気がしたの」カットはまるでサリムが部屋にいるようにつぶやいた。「カメラを忘れたままカプセルにのったのに気づいたときは」

　ぼくはもう一度カメラを取りもどそうとした。カットはぼくの手をぴしゃりと叩いた。

「やめて、テッド！　あたしが見つけたんだから」

　いつものカットだ。頭がいいとぼくをほめたつぎの瞬間、ぼくを叩いてうそまでつく。カットの行動を予測するのに比べたら、天気を予測するのなんて簡単すぎるぐらいだ。カットは天気どころか、（a）火山の噴火、（b）精神障碍者《しょうがいしゃ》、（c）テロ攻撃、よりも予測がむずかしい。それに、カットという名前は、こんなことばの最初の部分とひびきが同じだ。

大惨事《カタストロフィ》
大洪水《カタクリズム》
緊張病《カタトニック》

つまり、カットは〝歩く災難〟そのものだ。ぼくが何か落としたりすると、カットはぼくのことをそう呼ぶけれど、カットのほうがぴったりだ。

でもときどき、ぜんぜん予想もしないときに、カットはやさしくなる。ぼくが小さかったころは、しゃべる熊や魔法の衣装戸棚の本を読んでくれたし、公園の池へアヒルのひなを見に連れていってくれた。学校でも、ぼくが校庭で意地悪な子たちにいじめられていると、かばってくれた。

ぼくたちは好きときらいが入り混じった関係だ、とママは言う。ぼくが赤ちゃんでカットが二歳だったある日、カットがベビーカーにおおいかぶさってぼくの顔じゅうにキスをしていたそうだ。きっとぼくは逃げようともがいていたんだろう。そのあとカットはヘアブラシでぼくの頭を叩いたんだから。ママが引き離さなければ、殺されていたかもしれない。大きくなると、ママはいつもぼくたちに仲よく遊ぶように言った。カットが考える〝仲よく遊ぶ〟とは、ボサボサに髪を切った裸のバービー人形を並べ、ボールペンでおかしな印をつけて病院ごっこをすることだった。カットはトイレットペーパーを爪切り用のはさみで切って包帯代わりにし、トマトケチャップを振りかけた。そして、患者が死にそうだから手伝うようにとぼくに言った。「メスをとって！」カットはぼくに命じた。

「どのメス？」

「どれでもいいのよ」

ぼくは見まわした。「メスなんてないよ」

「うそっこのメスよ、テッド」

「うそっこのメスなんてないよ、カット」

「あるって、手のすぐそばに」

「ぼくの手のそばにメスなんてないよ。トイレットペーパーならあるけど」

「あんたはナースなんだよ！」カットはどなった。

ぼくは目をぱちぱちさせた。ナースは女の人の仕事だけど、ぼくは男だ。ナースにはなれない。

「やってごらん、テッド」そばで見ていたママが言った。

それでぼくは「ぴーぽー、ぴーぽー、ぴーぽー」と言ってランプのスイッチをつけたり消したりし、そのあとはずっと救急車の役をやった。でも、ほんとうはナースの役をやらせたかったから、カットはずっとぼくに腹を立てているのかもしれなかった。その後、ぼくの症候群についてお医者さんが診断した。

「なんでテッドは、なんだかおもしろそうな病気にかかるの？」カットはママとパパに不満そうに言った。

ふたりがどう答えたかは覚えていない。

いま、ミス・カタストロフィはサリムのカメラをながめまわしていて、ぼくは腹立たしい気持ちを食道の奥へ飲みこんだ。

「サリムは十八枚写してる」カットは言った。「あの橋を歩きながらずっと撮ってたよね」

「カットとぼくがいっしょにいるところを撮ってくれた。ぼくもロンドン・アイの写真を一枚撮った。そのすぐあと、あの知らない男の人が近づいてきてチケットをくれたんだ」

「知らない男の人」カットは顔をあげた。「ひょっとして……」

ぼくはうなずいた。ぼくもずっとあの人のことが気になっていた。

「この写真がヒントになるかな?」

「わからない」ぼくはもう一度カメラにさわろうとしたけれど、またカットがじゃまをした。

カットは、銀色に光るカメラを手のひらにのせて、いろいろな向きからながめた。「パパのカメラみたいにデジタルならいいのに。それなら、すぐに写真を見られるもん。こういう旧式のカメラは、開かないとだめなんだよね」カメラを振って肩をすくめた。「どうやるのかわかんない。フィルムを取り出してカメラ屋さんで現像してもらわなくちゃいけないんだけど、お金も時間もかかる。まったくめんどうだね」

カットはボタンをいじったり本体を振ったりした。

「カメラはグロリアおばさんに返したほうがいいと思うよ」ぼくは言った。「サリムにいちばん近い親族だから」

「それがどう関係あるの?」カットは言った。

死んだ人の持ち物はいちばんの親族が相続するから、たぶん姿を消した人のものも同じだと説明しようとしたそのとき、玄関のベルが鳴った。カットとぼくは跳びあがりそうになった。

「サリムだ!」カットが言った。

カットはカメラをベッドの上にほうり出し、ぼくたちは部屋を出て階段を駆けおりた。ところが、ママが押さえている玄関のドアからはいってきたのはサリムではなく、大人の男女ひとりずつだった。男の人は制服を着ていて、女の人は着ていない。つまり、よくあるのとは逆で、女の人のほうが責任者だっていうことだ。女の人は〝私服〟で、男の人はちがう。

警察の人だった。

# 11　誤　差

何分かたち、居間の雰囲気は重苦しかった。みんな行儀がよかった。みんな静かだった。でも、ナイフで空気を切れそうだった。これは、目に見えない感情が空気を震わせているということで、雷雨が起こる前のイオンの状態と似ている。

ママとグロリアおばさんはソファーにすわっていた。おばさんはブランデー入りのグラスを持っている。パパはドアのそばの壁にもたれて立ち、カットとぼくはその横に並んだ。男の人は巡査部長で、テーブルの前に腰かけてメモをとった。上役の女の人は、部屋の真ん中の椅子にすわっていた。小柄でやせていて、青い上着とスカートに白いブラウスという姿で、稲妻のようにすばやく部屋を見まわした。

その女の人はまず、この事件の捜査責任者のピアース警部だと自己紹介した。それから質問をはじめた。家族全員の名前、グロリアおばさんが訪ねてきた理由、そしてニューヨークへ行く理由をきいた。それから、サリムのリュックサックの中身を見たいと言った。警部は中のものをひとつずつ出していった。ぼくは注意深く見守った。探偵小説では、残したものや持っていったものが行き先を知る手がかりになるからだ。セーターの着替え一枚、ジーンズ一本、靴下ひと組、下着、パジャマ、スウェットシャツ、小さいタオル。手がかりになりそうなものはない。ほかに、『高度一万二千フィートの殺人』というぼろぼろのペーパーバック、背表紙に折り目のない新品のニューヨークのガイドブック、小さなアドレス帳があった。最後に出てきたのは、スイス・アーミーナイフと、エッフェル塔の模型がついた鍵なしのキーリングだった。

歯ブラシなどの洗面道具はなかったけれど、それはまだ浴室にあるはずだ。洗面台の上の棚で見かけた覚えがある。

ピアース警部は不思議そうな顔で、鍵なしのキーリングを持ちあげた。グロリアおばさんが、それはサリムが修学旅行でパリに行ったときに買ったものだと言った。マンチェスターの家はもう人に貸してあり、鍵はおばさんのものだけを残したから、いまのサリムはどこの鍵も持っていないという。

みんな沈黙した。

警部はつぎに、立っているカットとぼくを見た。

「あなたたちふたりが最後にサリムを見たんですね」警部は言った。

カットはいつもとちがう静かな声で、知らない人からチケットをもらったこと、カプセルを目で追ってサリムがおりてくるのを待ったこと、サリムが現れなかったことを話した。

「子供たちだけでチケットを買いにいかせるんじゃなかった」カットが話し終えるとママは言った。

警部は片手を空中で振った。どういう意味なのか、ぼくにはわからない。警部はカットに向きなおった。「カプセルを目で追ったって言いましたね？」

　カットはうなずいた。

「三十分のあいだ、ずっとロンドン・アイがまわるのを見ていて、ほかには何もしなかったということ？」

「ええと……」カットは考えた。「あたしたち、よく見えるように歩いて後ろにさがりました。あまり近いと、まわってるカプセルのどれがどれだかわからなくなりますから。それと、ちょっとおしゃべりもしました」

「どれがどれだかわからなくなる」ピアース警部はつぶやいた。両手の指を組んであごをのせる。「ちょっとおしゃべりもした」

「信じてもらえないかもしれないけど――」

「信じる、信じないの問題じゃありません」

「でも、あたしたち、しっかり見てました。ほんとうです。ぜったいに。そうだよね、テッド」

「んんん」ぼくは言った。「百パーセントかと言われたら――ちがうよ、カット」カットは目とくちびるをすぼめる。「九十八パーセントなら――そうです」ぼくは言った。

　警部は何も言わずにぼくを見た。くちびるの両端が少しだけあがった。つまり、ちょっとおもしろがっているということだ。そして組んだ指で自分の鼻を軽く叩いた。「つまり、誤差を考慮に入れているのね」

「ほんの少しです」ぼくは言った。「二パーセントだけ」

「二パーセント？」

ぼくは説明した。「人間の観察力には、ある程度の誤差があります。感覚というのは確実なものではないからです。それどころか、百パーセント確実ということはありえないと考えている人もいます」ことばを切って首を傾ける。「ぼくたち人間にとっては、太陽があすの朝のぼるかどうかさえ確信できません。あすもそうなるはずだという思いこみは、帰納法《きのうほう》によって導かれたものです。帰納法というのは、過去の観察に基づいて可能性を導き出し、そこから気象パターンなどを予測するもので――」

「もうたくさん」グロリアおばさんがさえぎった。「太陽がのぼって沈んで、観覧車があがっておりて、カプセルを目で追った？　遊んでる場合じゃないのよ。あたしの息子がいなくなったの。たったひとりの息子なの。行方がわからない。あたしが知りたいのは、それに対して何をやってくれてるのかってこと」

「警察は全力を尽くしています」ピアース警部は言った。組んでいた指をほどき、スカートのしわを伸ばす。「気がかりなこととは思いますが――」

「気がかり？　ハンドバッグでもなくしたみたいな言い方ね」

「まだ初期の段階です。行方がわからなくなってほんの数時間ですから。サリムのような未成年者が失踪した場合、ほとんどは四十八時間以内に見つかります」

「四十八時間？　それじゃニューヨーク行きの飛行機に間に合わない！」

「長くて四十八時間で、たいがいもっと早く見つかりますよ。それでも、未成年者の失踪については初期の段階から強く警戒します。ですから、きょうここへうかがいました」

「ただの未成年者じゃない。あたしの息子なのよ！」

ママがおばさんの肩に手をまわしてなだめた。「グロー……」

「警察は全力を尽くしています」ピアース警部は繰り返した。

「たとえば？」パパが静かに言った。みんなが振り返ってパパを見た。

警部は深く息をついた。「カプセルの監視カメラの映像を確認しはじめました。全員の全行動を記録したカメラはないのですが、きょうの午前中になんらかの異常が見られた節はありません。景色を楽しむ観光客のありふれた映像だけです。その時間帯にロンドン・アイにのった人たちからの証言も少しずつとっています。あいにく、三百人余りいましてね。しかも、クレジットカード決済の乗客しか確認できません。現金払いの乗客については確認する手立てがないんです。ただ、これまでのところ、息子さんの特徴を具《そな》えた少年を覚えている乗客はいません。病院の入院記録も確認しましたが」グロリアおばさんが〝病院〟ということばに反応して目を大きく見開く。「該当する例はありません」

「もしかすると、まだ——迷子になっているということは？」パパが言った。

「実のところ、その可能性がいちばん高いでしょう」ピアース警部は言った。

一瞬の沈黙があった。みんな、ぼくと同じことをしていたのだろうか。つまり、どこで

「迷子」になっているかを考えていたということだ。ぼくは、サリムがロンドンの地下鉄で迷っている姿を思い浮かべた。電車にのったりおりたり、北方面行きか南方面行きかがわからずに通路をさまよったり、うちへ向かうノーザンラインを表すのが黒だと知らずに、何色の線を選べばいいのか困っていたり。けさサリムの隣にいたのが、カットじゃなくてぼくだったら、ロンドンの地下鉄の路線図が図式化されていることを説明して、見方も教えていたはずだから、サリムはなんの問題もなく帰り方を覚えて、いまごろここにいたのかもしれない。

「個人的な情報をもう少し聞かせてもらえますか」ピアース警部はそう言って、グロリアおばさんへ体を向けた。「いくつか立ち入ったことをうかがわせてください」

ママが立ちあがり、「席をはずしましょう」とぼくたちに言った。パパが居間のドアをあけ、カットに部屋を出るよう、ひじで示した。でも、グロリアおばさんはママの手を握った。

「フェイスは行かないで。いっしょにいてもらいたいの。お願い」

ママはすわりなおした。ぼくを見ている。グロリアおばさんからいっしょにいてくれと言われるんじゃないかと思って、ぼくは待っていた。ママの口が動いたけれど、なんの音も聞こえない。まるで、ぼくが耳の聞こえない人間で、くちびるの動きを読むと思っているようだ。ぼくはまばたきをした。ママは声に出して言った。「さっさと出て」

ママから出ていくように言われたのは、この日二回目だった。

ぼくはパパとカットにつづいてのろのろと部屋を出て、手をひらひらさせながらキッチンにはいった。パパがキッチンのドアを閉めた。警察がぼくより多くのことを教わるなんて、不公平だと思う。燃焼しきれないほどのカロリーを摂取したときのような重たい感じが、ぼくのなかでわき起こった。カットは冷蔵庫に顔を押しつけ、ほおに涙を伝わせたまま、自分の頭の横をげんこつで叩いている。つまり、カットもぼくと同じ気持ちでいる。「極度のフラストレーション」と呼ばれているものだ。

# 12　またひと騒ぎ

うちのキッチンと居間のあいだの壁は厚くないから、ぼそぼそと話す声が聞こえてくる。「なあ、カット」パパは言った。「テッドもな」パパは大好きな〈ローレル＆ハーディ〉の台詞《せりふ》を口にした。「〝こりゃあ、またひと騒ぎだ〟」

カットはさらに激しく泣き、止まりそうになかった。パパがカットの肩に手を置いたけれど、カットはますます大泣きになったから、うまくいったとは言えない。

カットの泣き声がひびくなか、ぼくは居間の声をなんとか聞きとろうとした。切れぎれにことばが聞こえる。「サリムが」「いいえ」「ありえない」グロリアおばさんの声ばかりだ。これはきっと（a）おばさんがキッチンに近い場所にいる、（b）おばさんがママや警部よりも大きな声で話している、のどちらかだとぼくは推測した。そのとき、ひとつの文がまるごと聞こえた。グロリアおばさんが雷鳴のような声でどなったからだ。

**「サリムがあたしから逃げ出すなんてありえない！」**

ぼくは両手で耳をふさいだ。空気が顔に押しつけられるのを感じる。ぼくの口が開いて、また閉じた。「んんん」ぼくは言った。パパが裏庭へ出るドアを開いた。まだ夕方の早い時間だ。パパがカットとぼくに、いっしょに外へ出ようと手ぶりで示したけれど、カットは首を左右に振った。そこで、ぼくだけがパパと外に出た。ぼくたちは庭の物置小屋へ向かう小道を歩いて、風（南西寄りの微風）にゆれる物干しロープの横を通り過ぎた。

「パパ？」

「なんだい、テッド」

「サリムが逃げ出した可能性はどれぐらいかな」

パパは渋い顔をした。「そうだとしても責められないな」そして、そんなことを言うつもりはなかったという感じでかぶりを振った。「よくわからないな、テッド。どこかで迷子になって、帰る道をさがしている可能性のほうが高いんじゃないかな」

「六対四？」

「えっ？」

「迷子になった可能性が六で、逃げ出したのが四？」

「七対三かもな。わからない」

「なぜサリムは携帯電話を使わないんだろう？」

「料金枠がなくなったのかもな」

「じゃあ、なぜぼくたちがかけても出ないんだろう？」

「充電が切れているのかもな」

パパは町の東にのぼった下弦の月を見あげた。「さっきから〝かもな〟ばかりか」大きく息を吐く。「サリムとグロリアおばさんの関係はちょっと変わっている。おばさんが小言を口にしたりサリムが口答えをしたりはあるけど、ふたりは波長が合っている」

「波長が合う? なんの波?」

「いや。仲がいいってことさ。だから、サリムが逃げ出すとは思わなかったんだ。よく知らない都会ならなおさらだ。どこか行きたいところがあるのなら別だけど」

美術館へ行きたくないサリムがふざけて発作の真似をしたのを、ぼくは思い出した。ロンドン・アイへはあとで行こうとグロリアおばさんが言ったときに、足を踏み鳴らしたのも思い出した。ぼくは数をかぞえたり、時間を計ったり、何かを覚えたりすることが得意だ。でも、だれかがお互いをどう思っているかを見抜くのはむずかしい。ぼくには、人の表情を見るときの五つの基本ルールがある。シェパード先生が漫画を使って教えてくれた。

1 上下のくちびるが離れて、歯が見えている＝すごく楽しい、うれしい。
2 上下のくちびるが離れて、歯は見えていない＝少し楽しい、うれしい。
3 上下のくちびるがくっついて、両端が少しさがっている＝あまり楽しくない、少し怒っている、または困っている(見分けるのがむずかしい)。
4 上下のくちびるがくっついて、目が細くなっている＝ひどく機嫌が悪い、怒っている。
5 くちびるが0の字みたいにまるくなって、目が大きく開いている＝はっとしている、驚いている。

グロリアおばさんが話していたときに、サリムの目が地面を見まわしたり、空を見あげたりしていたことを思い出した。でも、それは五つの基本ルールのどれにもあてはまらない。どんな感情と一致するのか、ぼくにはわからない。ロンドン・アイにのる列にいたサリムを思い出した。そのときは目を細くして空を見あげたり、地面を見おろしたり、あたりを見まわしていた。エアマットの上の寝袋にもぐりこむところや、眠りながらため息をついていたサリムを思い出した。

基本となる五つの感情を見分けられても、それを混ぜ合わせるとどうなるかは、また別の話だ。原色と二次色みたいなものだ。青と黄色ははっきりしてわかりやすい。けれど、そのふたつを混ぜ合わせて緑になるとは予想しにくい。

「波長が合うってことは」ぼくはパパに言った。「サリムはいつもグロリアおばさんのそばにいたくて、ぜったいに逃げたりしないの?」

「いつもそばにいたいとはかぎらないんじゃないかな。ただ……」パパは手で髪をなでつけて、スタン・ローレルに似せた。「おまえもおれも、グロリアおばさんのことをたいして知らないよな。サリムのこともだ。会ったのは五年ぶりだし」干してあったシャツの袖《そで》がはためいてパパの顔にかかり、首に巻きついた。パパは笑ったけど、こんな大変なときに笑うのは変な感じがした。パパは巻きついた袖をはがした。「もしかしたら、近すぎて暑苦しかったのかもな、天気みたいに。それで爆発した。なんとも言えないさ。わかるのは〝こりゃあ、またひと騒ぎだ〟ってことだけだ」

# 13　台風の目

カットがキッチンから、居間にもどってくれとぼくたちを呼んだ。ぼくたちが行くと、グロリアおばさんがブランデーを飲み終えてグラスの底を見つめていた。くちびるの両端がさがっていたから、悲しいということで、眉が寄っていたから、怒ってもいるということだ。ピアース警部が立ちあがり、何か動きがあったら知らせるとぼくたちに約束した。それから、最後にもうひとつと言って、グロリアおばさんにサリムの写真を持っているかと尋ねた。グロリアおばさんはハンドバッグからクレジットカード入れを取り出した。

「いまあるのはこれだけ」おばさんは言った。「ちょっと古い写真よ。あとは全部アルバムに貼ってあるの。ニューヨークへ船便で送ってしまった」写真を渡した。

「息子さんは十三歳だとおっしゃいましたね」

グロリアおばさんはうなずいた。「七月で十四歳よ」

「この写真は何歳のときですか」

「八歳」おばさんは言った。

警察ではもう少し最近のものが必要だ、と警部は言った。グロリアおばさんは「父親のところにあるはずよ。話を聞くときに見せてもらって」と言った。

ぼくはサリムのお父さんをほとんど覚えていない。インド系で、ラシッドという名前のお医者さんだ。グロリアおばさんとは何年も前に離婚した。

「ラシッドに電話してみたら？」ママが言った。「もしかしたら、サリムはそこへ行ってるかもしれない。ありうることよ」

グロリアおばさんは首を横に振った。「サリムはぜったいにそんなことしない。ラシッドとあたしは口もきかない仲なんだから。サリムが二週間ごとの週末に訪ねてるけど、それだけ」

ピアース警部は、自分の指の関節に怪我でもあるみたいにながめていたけれど、ぼくには傷もあざも見えなかった。「その人はどう考えているんですか」警部はきいた。「サリムとあなたがニューヨークへ行くことについて」

グロリアおばさんは答えなかった。

「何か言っていませんでしたか」

「いえ、別に。クリスマスと夏休みに二週間ずつサリムと過ごしていいと言ったから。それでじゅうぶんのようだった」

また沈黙があった。

「それがどうしたの？」グロリアおばさんは付け加えた。「もしかして、ラシッドが何か関係しているのかもしれない。そう言いたいのね？」

ピアース警部は写真をポケットに入れ、グロリアおばさんの質問には答えなかった。「この写真とうかがった特徴で、いまのところはけっこうです」そこで立ちあがる。「わたしの名刺をどうぞ。直通の電話番号が書いてあります。炉棚《ろだな》の上に置きますから、サリムがもどったり連絡があったりしたら、あるいは何か思い出したことがあったら、連絡してください」

グロリアおばさんは肩をすくめただけで何も言わなかったけれど、パパはそうしますと言い、警部と巡査を玄関まで見送った。白と青のパトカーにふたりがのって去っていくのをぼくは窓から見ていた。ママがカットに、サンドイッチを作るのを手伝うよう言った。グロリアおばさんはまたブランデーを飲んでいた。パパが帰ってきて、ワインのびんをあけた。まるでクリスマスの夜みたいだけれど、時刻がだいぶ遅いのに外はまだ明るく、だれもジョークを言ったり楽しそうにしたりしていない。

「たばこを吸ってもいい？」グロリアおばさんが尋ねた。

だれも答えなかった。反応がないので許されたと考えたのか、おばさんはたばこに火をつけて、無言で吹かしはじめた。カットがチーズとレタスのサンドイッチをひざにのせてあげたあとも、ずっと吸いつづけた。宙を見つめながら、煙を吸ったり吐いたりしている。たばこを口へ運ぶために腕が平均で十二秒おきに一回あがるほかに、おばさんはまったく動かなかった。異様に静かだ。うちに着いたときから、おばさんがほとんど止まらずにしゃべりつづけていたことに、ぼくは気づいた。

「さてと」ママが言ったのは、みんなが自分のサンドイッチを食べ終えたころ（ぼく――ふた切れ、パパ――ふた切れ、ママ――ひと切れ、カット――半分、グロリアおばさん――ゼロ）だった。

「さてと」パパも言った。ぼくはパパが「こりゃあ、またひと騒ぎだ」と言うかと思ったけれど、言わなかった。

「きょうの仕事はどうだったの、ベン」ママが言った。毎日パパにそう尋ねている。

「仕事？」パパは肩をすくめた。「問題なしだ。バラックスなら、立ち退《の》きが終わって封鎖したよ。コンクリート圧砕機が木曜日にはいる。つぎの現場も決まった。ペッカムのあたりだ」

「ペッカムのあたり？」ママは言った。たいして興味はなさそうだ。目は空中を見つめている。

「ペッカム・ライだ」

　また長い沈黙があった。カットは髪の毛をひとすじ小指に巻きつけてはほどき、それを繰り返していた。そんなことをしてどうなるのかとききたかったけれど、ぼくが見ているのに気づいてカットが顔をしかめたから、それはやめにして、ぼくは言った。「サリムのことだけど……」

　みんながはっとした。

「いくつかおもしろい仮説を立てたんだけど、それを――」

「いい子だから静かにして、テッド」ママが言った。「いまはあなたの仮説を聞いてる場合じゃないの」

　そして、居間はすっかり静かになった。空調の音がひびき渡る。キッチンの蛇口から水がぽたりと落ちた。パパのポケットで小銭の音がする。この静けさを気象用語ではなんと言うのかと思った。嵐のあとの静けさ、ではない。嵐の中心の静かな部分、そう、台風の目かもしれない。暗く激しい旋風と、その中心にある卵形のおだやかで静かな部分をぼくは思い浮かべた。ちがう角度から見れば自転車の車輪のような形だ。ロンドン・アイと同じだ。空調の音がやんだ。ママがもうベッドの時間だと言った。

「まだ九時だよ」カットは抵抗した。「それに、あたしはここのソファーで寝ることになってるんだから。覚えてるでしょ?」

「はい、はい」ママは立ちあがって窓際へ行き、外を見た。そしてカーテンを閉めた。「きょうだけ、テッドの部屋のエアマットで寝ていい。サリムが——」

　ママは最後まで言わなかった。けれど、みんなが心のなかでつづきを言った。**サリムがゆうべ眠った場所**。グロリアおばさんが低くうなり声をあげ、気分が悪くなったようにグラスに向かって身を乗り出した。ぼくたちはみんな、同じことを考えていた。この暗く危険な大都会のどこで、サリムは今夜眠るんだろう?

## 14 八つの仮説

その夜、自分のベッドに横になったぼくは、一メートルも離れていないところでひびく寝返りの音を聞かないようにした。シャンプーのにおいがするし、落ち着きのないヒョウみたいな呼吸の音も聞こえる。ゆうべサリムが寝ていたエアマットにカットがいるからだ。あけ放した窓から街の騒音が流れこむ。大型トラックが音を立てて表通りを走っていく。上空で飛行機がにぶい音を立てる。大きなかなとこ雲がロンドンの南東に発生し、熱い空気が対流にのって上昇しているところをぼくは思い浮かべた。上空の大気は不安定だ。

ぼくは夜に眠れないことがよくある。この世界の奇妙な事実で頭がいっぱいになるからだ。そんなときは読書灯をつけて、海上気象予報を小さな音量で聞く。そして、気象学入門の本を取り出して、等圧線図と等温線図をよく見る。気象災害の写真も分析する。干《ひ》あがった湖、瓦礫だらけの町、土砂崩れ、沈んだ家のまわりをボートで移動する人々。ぼくは将来、人々が災害に備えて命と財産を守る手伝いをし、政府に気象管理について助言していくつもりだ。

だけど、今夜はカットがいるから明かりをつけられない。ぼくの脳の分子はおかしくなってしまったらしい。頭に浮かぶのは、ドードーがルーカン卿《きょう》を追いかけ、ルーカン卿がメアリー・セレスト号にのって海へと去っていく姿で、その行く手の夜空には巨大な自転車の車輪の形をした月がのぼっている。甲板《かんぱん》からサリムが手を振る姿も見える。きのうカプセルに乗りこむ前に手を振ったように。グロリアおばさんの声が、ロンドン・アイへ行こうと言ったのはぼくだと言っている。ほんとうはそうじゃない。ママの手がぼくをハエみたいに追い払う。

「テッド」カットは起きていた。「テッド」

「んんん。何?」

「起きてる?」

「うん」

「あたしも」カットが体を起こして、ベッドわきの明かりへ手を伸ばすのが見えた。明かりがつき、ぼくたちはまばたきして目を見合わせた。「どうにもならないね。ちょっと話そう」カットはひざを両手でかかえて顔をのせた。茶色の髪の毛が束になって、肩に変なふうにかかっている。

「んんん」ぼくは言った。

「そう、んんん」カットが言った。

少したって、ぼくの真似をしているとわかった。

カットは笑った。「テッドの真似をしたら、同じように考えられるかな、と思って」

「ぼくの考えることが、カットの考えることよりもいいわけじゃないと思うけど」ぼくは言った。

ぼくたちは目覚まし時計がチクタク言う音を聞いていた。

「ねえ、サリムがいなくなっていちばん不思議だと思ってることは何?」

「密閉されたカプセルからいなくなったこと」ぼくは答えた。

カットはうなずいた。「カプセルにのってあがってったのに、おりてこなかった」

「ぜったいにおかしい」ぼくは言った。

「それなのに、だれも——警察も、ママも、パパも、グローおばちゃんも、おかしいと思ってないみたいだよね。いくら言っても聞いてくれなくて、あたしたちがちゃんと見てなかったから、サリムを見失ったことになってる。でも、そんなこと、ありえないよね?」

「可能性はゼロじゃないけど、考えにくい」ぼくは言った。「サリムがのったカプセルのふたつ前から、人が出てくるのをずっと見ていたし、そのあとも何台か見ていた。それに、ぼくは腕時計でサリムが何分間上にいたか計っていた。だから、誤差はほとんど考えられない」

「じゃあ何が起こったんだろう? サリムはどこへ行ったの?」

「ぼく、八通りの仮説を考えついたんだ」

カットは驚いた。「八通りの仮説?」

「そう、八通り。どれかひとつは正しい。ほかに見逃したものがなければね」

「それ、書いてみようよ」カットがぼくの机から紙を持ってきたので、ぼくは話した。つぎのリストはカットが書き写したものだ。それぞれの仮説のあとに、カットがどう思うかが付け加えてある。

1　サリムがカプセルのなかに（たぶん座席の下に）かくれ、そのまま三周かそれ以上したあと、ぼくたちがあきらめたころに出てきた。（ありうると思う。調べなくちゃ）

2　ぼくの腕時計がおかしくなっていた。サリムはぼくたちが迎えにいく前にカプセルから出てきた。（たぶんありえない。いまテッドの時計を見たから。二十三時四十三分。目覚まし時計と同じ時刻だ。時計は正確。きょう外にいたとき、ビッグ・ベンで五回たしかめたとテッドは言ってる）

3　サリムがカプセルから出てきたとき、ぼくたちが何かの理由で見落とした。大人たちと警察はそう考えている。（でも、二パーセントの可能性しかないと思う。あたしたちは出てくるみんなをしっかり見てたし、一度にたくさんのってたわけじゃない。それに、サリムのほうもこっちを見逃したんじゃなきゃ、こうはならない。ただ……）

4　サリムはわざとぼくたちを避けたか、健忘症（記憶がなくなること）にかかっていたか。この場合、サリムはどこかへ逃げたかったか、たとえば頭を打ってぼくたちのことを忘れてしまったか、そのどちらかだ。（でも、あたしたちはすぐ前に立って、出てくるひとりひとりを見てたんだから、サリムが避けたにしても、あたした

ちのことがわからなくなったにしても、こっちが見落とすとは思えない。だから、3と同じくらい、ありそうもない)

5　サリムは自然発火した。(あたしはこんなことばを聞いたことがないけど、人間はときどき煙みたいに消えてしまうものだとテッドは考えてるらしい。珍しいことだけど、記録に残ってる現象で、局地的雷雨のように起こるんだって。へえ。だけど、そんなわけがない。無視してよさそう)

6　サリムは変装してカプセルから出てきた。(ありえないわけじゃないけど、出てきた人たちの顔ぶれ——日本人の観光客とか、女の人とか、小さい子供とか——を考えると、無理だと思う。サリムにいちばん似てたのは、ピンクのジャケットを着てた女の子のボーイフレンド。でも、あの子は太ってたし、もっと丸顔だった。ぜったいにサリムじゃない。それに、あんな小さなカプセルのなかで、だれにも気づかれずに着替えなんてできる?)

7　サリムはタイムワープした。別の時代か、ひょっとしたら異世界に閉じこめられてるのかもしれない。(可能性ゼロ。5と同じ)

8　サリムはほかのだれかの服の下にかくれてカプセルから出てきた。

最後の仮説まで来たとき、カットは顔をあげてぼくを見た。感想を書こうとすらしない。

「ローレルとハーディが〈天国二人道中〉で外国人部隊から抜け出した場面を覚えているよ

ね」ぼくは言った。「毎年クリスマスにパパと観る映画だよ。太ったほうのオリーには好きな女の子がいたけれど、女の子のほうは好きじゃないから、オリーはすごく悲しんで、忘れようとしている。そんなとき、外国人部隊にはいることをある男から勧められる。そこでオリーは外国人部隊に入隊して、やせたほうのスタンも入隊する。でも、外国人部隊はぜんぜん楽しいところじゃないし、一生かかっても終わりそうにないぐらいの洗濯物の山をずっと洗いつづけなくてはいけなくて、ふたりは脱走することに決める。覚えていない？　アラブ人の男が門に向かって歩いていくときに、そのぶかぶかの服のなかにふたりがかくれて……」

「覚えてる。いちばん笑ったところだよね」カットが言った。

「それで——あのカプセルにはアフリカ系の女の人たちがいたよね」ぼくは言った。「ゆったりしたドレスを着ていた。それと、長いレインコートを着た背の高い男の人も……」

「ああ、そうか……」カットが目をくるりとまわし、ぼくには白目だけが見えた。カットは仮説8のあとにこう書いた——（あたしの服にテッドがかくれて、ママに見つからないでいられるだろうか？　無理だと思うけど、試してみよう）。

カットはリストをながめた。「決定的なのはないね。もっといいのはないの？　じゃなきゃ、警察や大人たちが言ってることに従うしかなくなる」

ぼくはがんばって考えた。そのとき、みんなが〝ひらめき〟と呼ぶものを思いついた。ひらめきというのは、どこからともなく頭に浮かぶ考えのことだ。昔は、神々や神さま（多神教か一神教かによる）が脳に考えを吹きこむものだと考えられていた。「九番目があるよ」

ぼくは手をひらひらさせながら言った。

「変なやつじゃないでしょうね。宇宙人に連れ去られたとか、時空の隙間に転落したとか――」

「変な仮説じゃない」ぼくは言った。「それどころか、このなかでいちばんいいと思う」

ところが、それがどんなものかを話そうとしたとき、電話が鳴った。

# 15 無　限

二回目の呼び出し音で、ぼくたちはドアに向かって飛び出した。カットがぼくを突き飛ばし、ひじでぼくの腹を押しのけた。三回目の呼び出し音が鳴るころには、ぼくたちは階段のそばにいた。両親の寝室でパパが子機をとるのが聞こえた。ぼくたちは中へははいらずに聞いていた。パパの声は小さく、何を言っているのかわからなかった。そのとき、グロリアおばさんがうす青い絹のような寝間着姿でカットの部屋からよろよろと出てきた。目が大きくあき、髪はぐちゃぐちゃだ。「サリム！」おばさんは小声で言った。寒くて震えているみたいに歯が鳴っていたけれど、この夜の温度は十五度は超えていたはずだ。

パパがちょうど電話を切ったとき、おばさんが両親の寝室のドアをあけた。

「サリムなの？」おばさんは言った。

「いや」パパは言った。「サリムじゃない。警察からだ」

「見つかったの？　見つかったと言ってちょうだい」

「なんとも言えないんだ……」

カットはぼくの腕をきつくつかんでいた。口はOの字みたいにまるくなっている。すごく大きなOの字だ。パパの顔を見たカットは、その表情に驚いていた。だからぼくもパパの顔を見た。くちびると眉毛がおかしな動きをしている。おでこには小さな汗つぶがいくつも見える。こんな表情のパパはいままで見たことがなかった。

「なんとも言えないってどういう意味？　見つけたか、見つけていないかのどちらかでしょう？」グロリアおばさんは言った。声が変な感じに震えていて、ぼくはそれを聞いて耳のなかがドキドキするのを感じた。

「つまり、その——こういうことなんだ」パパは言った。「警察が見つけた。ロンドン・アイから遠くない場所で。川の近くらしい。アジア系の少年を」

それだ、とぼくは思った。仮説4を思い出した。見つかったのは記憶を失った少年で、自分がだれだかわからないんだ。どこへ行ったらいいかわからなくて、一日じゅうさまよっていたんだ。

「サリムよ」グロリアおばさんが言った。「なんで警察はここへ連れてこないの？」

「連れてこられないんだ」パパは言った。「というのも、その少年は——まだだれだかわからないんだが、だれにせよ——その少年は……その少年は……」

ぼくはパパが、その子は記憶をなくしているとか、頭を怪我して病院にいるからまだ動かせないとか言うと思っていた。けれど、パパが言ったのは予想もしていないことだった。

「安置所にいるんだ」

それから起こったことについては、あまり言いたくない。グロリアおばさんは床に倒れてしまった。ママはベッドから跳ね起きて、泣きながらグロリアおばさんを抱きしめ、人ちがいに決まってると言った。パパはパジャマの上に外出着をはおり、カットはぼくにつかまって立っていた。ぼくは振り向いて、ドアをげんこつで叩いた。パパがぼくの腕に手を置いた。つぎに覚えているのは、警察の人が来て、安置所にいるサリムかどうかわからないアジア系の少年の身元を確認するために、パパを連れていったことだ。グロリアおばさんはショックが大きすぎて出かけられなかった。おばさんはソファーに横になって毛布にくるまり、「サリム、ああ、サリム、冷たい安置台に寝かされてるなんて、そんなはずないよね、サリム、サリム……」とつぶやいていた。歯をがたがた鳴らすおばさんの髪を、ソファーのひじ掛けにすわったママがなでていた。

そのとき、カットがいいことをした。震える手でみんなにお茶をいれてくれたんだ。そう、カットはそういう子だ。ふだんの細かいことではだらしなくて、バスに乗り遅れたり、CDを買うときに十ペンス足りなかったりする。でも、大事なこととなると、すばらしい行動ができる。去年、ママが大きな手術を受けたときがそうだった。カットはぼくたちに冷凍食品で夕食を準備してくれ、食事の席ではパパにその日の仕事はどうだったかと話しかけた。そしてママが退院したら、何度も二階とのあいだを行き来して、お茶や花や雑誌を持っていったりした。カットがいなかったらのりきれなかったとママも言っていた。

みんなはパパを待つあいだ、居間でお茶を飲み、ママはグロリアおばさんの口にカップを運んで、赤ちゃんに飲ませるみたいにしていた。ぼくはお茶を持って二階へあがり、自分の部屋で飲んだ。机の上には仮説のリストと、ロンドン・アイでカットが買った記念写真がある。それをながめたけれど、何も目にはいらなかった。ぼくは心のなかで言った。**ドーバー、ワイト、ポートランド海域、北西の風強く、六から八、発達中の低気圧は……**

パパが出かけてから帰るまでに五十四分かかった。三千二百四十秒だ。成長するにつれて脳のスピードが速くなる、と何かで読んだことがある。時間が速く過ぎると感じるようになるのはそのせいだ。だから、その三千二百四十秒をいちばん長いと感じたのはぼくだろう。でも、あとでカットが、グロリアおばさんのほうがぼくよりも長く感じていたはずだと言った。つらい気持ちでいるほど時間の流れが遅く感じられるんだって。たしかに、グロリアおばさんはだれよりもつらい気持ちでいたはずだ。冷たい安置台に寝かされているのが自分の息子かもしれないのだから。

アジア系の少年。

サリムかもしれない。サリムじゃないかもしれない。

その五十四分は恐ろしかった。どれだけ海上気象予報を思い浮かべても、考えずにはいられなかった。死についてだ。死が現実だと感じた。いつかぼくも死ぬ。カットも死ぬ。ママも死ぬ。パパも死ぬ。グロリアおばさんも死ぬ。学校のシェパード先生も死ぬ。この地球上の生き物はかならず死ぬ。死ぬか死なないかではなく、いつかかならず死ぬ。もちろん、死については前から知っていた。でも、この五十四分のあいだにぼくは死を身近に感じた。そのとき、知識には二種類あると気づいた。浅い知識と深い知識だ。何かを理屈で知っていても、現実として知っているのとはちがう。何かの一部を知ることができても、全部はわからない。知識というのは、池の水に張った膜のようなものもあれば、水底の泥にまで達するものもある。氷山のほんの一角もあれば、氷山全体もある。

ぼくは、自分の人生のすべての日々が鎖のように長くつながっている様子を想像した。その鎖のどれぐらいまで来ているんだろう。まだはじまったばかりなのか、半分ぐらい来たのか、それとも、終わりに近づいているのか。もしも、冷たい安置台に寝かされているのがサリムだとしたら、けさ目が覚めたとき、鎖の最後の輪に着いたことがわかったんだろうか。

ぼくは、神さまと、不滅の魂と、永遠について考えた。何年か前、教会のラッセル先生が、ぼくを作ったのは神さまだと教えてくれたとき、ぼくは先生に尋ねた。「神さまがぼくを作ったのなら、だれが神さまを作ったんですか？」ラッセル先生はにっこり笑って、ぼくのことを生まれついての神学者だと言ったけれど、質問には答えてくれなかった。「別の神さまが作ったんですか？」ぼくは言った。そして、心のなかで、何人もの神さまが鎖のようにつながっているのを思い浮かべた。それぞれがつぎの神さまを作り、永遠につながっていく。ラッセル先生はぼくの横にすわって言った。「神さまはひとりしかいないんだよ、テッド。ひとりの神さまがいつもそこにいてくださる。時間の流れの外にいるんだよ。人間の理解を超えた存在だ。いつもわたしたちといっしょにいてくださる」

ぼくはいま、人間の理解を超えた存在の神さまのことを考えた。目を閉じて、神さまの姿を思い描こうとした。でも、どんなに考えても、静まり返った広い宇宙のなかのぼんやりとした雲しか見えなかった。もしまだトランポリンがあったら、いつもより強く、いつもより高く跳びはねただろう。

パパは三千二百四十秒後に玄関に帰ってきた。階段をおりるぼくは、さっき階段をのぼったぼくとはちがう人間だった。死を目の前に感じた。パパの顔を見たとき、パパも死を目の前に感じたことがわかった。パパの目は、ぼくと同じ巨大でうつろな空間を見つめていた。

ママとグロリアおばさんとカットがパパを取り囲んだ。「ちがったよ」パパはそう言って、三人を抱き寄せた。「心配いらない。サリムじゃなかった。人ちがいだったよ。よその男の子だった」パパは三人の頭越しにぼくを見て、ぼくもパパを見た。ぼくたちふたりが同じ気持ちでいるのがわかった。よその男の子、サリムじゃなかった少年、安置台に寝かされていたアジア系の少年。サリムじゃないのなら、だれなんだろう。

金切り声、涙、笑い。**ああ、神さま、感謝します、人ちがいだってわかってた、言ったとおりでしょ。**同じことばが何度も繰り返された。ぼくはだまっていた。パパは騒ぎの真ん中にじっと立って、ゆっくり首を振っていた。

やがて、パパは静かに言った。「男の子だったよ。路上生活者なのかな。たぶんサリムより少し年上だと思うけど、もっと小柄で、肌が茶色くて、やせていた。サリムがここに来たときみたいに、うっすらとひげが生えていて——」

「剃《そ》る前はそうだったね」カットが言った。

「似たような黒いジーンズをはいていた。顔にはどことなくあどけなさが残っていたよ。恵まれない少年だったんだろうね。爪には泥がたまっていて、腕にはあざがあって……」

パパは悪い夢から目覚めたばかりのように体を震わせた。

「どうして死んでしまったの？」カットが尋ねた。

パパは答えなかった。「何か飲ませてくれ、フェイス」パパは言った。「スコッチがいい」

カットはぼくの腕をつかんだ。「行こう、テッド」カットは小声で言った。グロリアおばさんが、こんどは静かに泣きだした。カットは二階へあがり、ぼくもあとにつづいた。カットは無言でエアマットに横になり、ぼくもベッドにはいった。安置台に寝かされた少年。路上生活者の少年。ぼくは明かりを消し、カットの呼吸の音に耳を澄ました。それは生きているという証拠だ。**爪には泥がたまっていた。サリムなのか、サリムじゃないのか。**

気味の悪い童謡みたいに、頭のなかをことばがぐるぐるまわって、無限にひびいていく。

ぼくは長いあいだ眠れなかった。

# 16　頭上をおおう雲

翌朝は早く目が覚めた。ぼくは窓から外を見て、厚い雲がロンドンをおおっているのに気づいた。夜のあいだに湿度が高くなっていた。この朝、ぼくがもう気象予報士になっていたとしたら、低気圧が西から移動してきて、等圧線の間隔がせばまっているから、雷の可能性があると言っただろう。

カットももう起きていた。ぼくの机の端に仮説のリストを置き、ロンドン・アイで買った記念写真とサリムのカメラを横に並べている。「これが仮説よ」カットは言った。「こっちが手がかり。夜のあいだに考えて、計画を立てたんだ」

カットの計画がどういうものかは想像がつく。そのなかにはかならず、ママとパパがやってはいけないと言うことがはいっているんだ。

のろのろとカットの横へ行く。「計画って？」ぼくは言った。

「三つあるの。まず、このフィルムを現像に出す。写真に何かヒントがあるかもしれないから。やってみないとわからないけど」

ぼくはうなずいた。これはよさそうだ。

「それから、仮説8を試す」

どうやるのかわからなかったけれど、ぼくは何も言わなかった。

「そして、もう一度ロンドン・アイにのる」

ぼくはそのことについて考えた。サリムが行方をくらました場所へもう一度行くのはいい考えだ。小説では、探偵が犯行現場をふたたび訪れると、かならずと言っていいほど、警察の見落とした手がかりが見つかる。だけど、ひとつ問題があった。

「ママがぜったい許してくれないよ」ぼくは言った。

「だめと言われたら、こっそり出かければいい」

「それはまずいよ、カット。それに、チケットを買うお金がないじゃないか」

カットは自分のヒョウ柄のリュックサックへ手を伸ばした。金額の大きいお札と一ポンド硬貨三枚を取り出す。「きのう、ママとグロリアおばさんから渡されたお金。覚えてるでしょ。チケット五枚ぶん。記念写真は七ポンドだったから、これはその残り」

「ママに返さなきゃいけないんじゃない？　盗んではいけない。聖書にも書いてあるよ」

「だまって、テッド。返せと言われてないでしょ。忘れてるのよ」

「んんん」

カットは肩をすくめた。「ママはあたしのせいでサリムがいなくなったと思ってる。別にいいけどさ。お金は返すよ。いつか、あたしの都合がいいときにね。盗むんじゃなくて、借りるだけ」

カットは窓際へ行き、窓を開いて外へ体を乗り出した。サリムのカメラを目に押しあてて、十八回シャッターを切る。裏庭と洗濯物を干したロープ、その向こうの物置小屋の写真が十八枚撮れた。あまりおもしろい写真だとは思えなかった。撮り終わると、フィルムが巻きもどされた。カットは注意深くカメラを調べた。

「あった！」カットは言った。

カットが横にあるボタンを押すと、カメラの裏側が勢いよく開いた。カットはフィルムを取り出した。

「これが計画その一」カットは言った。「つぎに、その二」

カットは寝間着の上に長いガウンを着て、ガウンの後ろを持ちあげた。

「さあ、来て」

ぼくはじっと見た。

「自分の仮説を試したくないの？」カットは八つの仮説を書いた紙を手にとり、最後の項目を読みあげた。サリムがだれかの服にかくれるという仮説だ。いざとなると、カットのガウンのなかにはいるのは気が進まなかった。

「んんん」ぼくは言った。

カットはぼくのひじをつかんで、下の階へ引っ張っていった。玄関広間でぼくを自分の後ろにしゃがませて、ガウンのすそをぼくの肩にかける。ぼくは両手をカットの腰にまわすように言われ、階段をのぼりおりする練習をさせられた。それから、ぼくたちはキッチンへ行った。学校のパントマイムでパパがロバの後ろ足をやったときのことを思い出す。ママがゆうべのグラスを洗っている音が聞こえたけれど、姿は見えなかった。ママが振り返ったようだ。

「おはよう、カット」ママの声は疲れている感じがした。「いったいテッドはガウンのなかで何をやってるの？」

ぼくは這《は》い出して立ちあがり、まばたきをした。

「言ったでしょ」カットが言った。

「なんの冗談なの？」ママが言った。

「ぼくの仮説のひとつをたしかめているんだよ、ママ」ぼくは言った。

「サリムはこうやって、ぼくたちに気づかれずにカプセルを出たのかもしれない。仮説は八つあるんだけど――」

ママはぼくを見て、カットを見た。手に汚れたグラスを持っている。ママはグラスを洗剤が混じった水のなかへもどして、ゴム手袋を脱いだ。

「カット。つづきをお願い」

ママのことばはふだんどおりだったけれど、顔つきはシベリアの永久凍土だった。

カットは何も言わずに洗い物を引き継いだ。ママは居間へ行って、すわった。じっと動かない。「テッド。話があるの」

困ったことになった。どうしてだかわからない。「んんん」ぼくは歩いていって、ママの前に立った。

「テッド」ママは左手で自分のおでこをなでた。「あなたの仮説とやらだけどね。サリムはほんとうに行方不明なのよ、テッド。遊んでるんじゃないの」

「遊んでなんかいない」ぼくはつぶやいた。

「どんなに深刻な事態だかわかってないみたいね」

「深刻な事態」ぼくはうなずいた。

「繰り返すのはやめて！」

「んんん」

「うならないで。前にも言ったでしょう。忘れたの？」

「ごめんなさい、ごめんなさい……」

「わたしが話してるときは、ちゃんとわたしの顔を見て！」

ぼくはがんばって目を動かし、ママの肩ではなく、顔を見た。ママは眉をひそめ、顔が青白くなっていて、くちびるの端はさがっていた。

「テッド」ママは身を乗り出してぼくの手にふれた。「ちょっと考えてみなさい。グローおばさんが見たらどんな気持ちになると思う？」

ぼくの手は震えはじめた。「でも、ママ。ぼくたち、考えたんだ。八通りの仮説を立てたんだよ。そして――」

「テッド。やめなさい」

ぼくは首を傾けた。カーペットの渦巻き模様をじっと見る。手の震えがひどくなった。ふだん、この家でぼくをわかってくれるのはママだ。味方になってくれたことは何度もある。気象システムや宇宙の驚異についての理論をぼくが説明しようとして、カットにだまれと言われても、カットに注意してくれる。ところが、サリムが行方不明になってからは、逆になった。カットは話を聞いてくれるのに、ママは聞いてくれない。

カットがキッチンにいる音が聞こえる。皿や鍋がぶつかり合う音だ。ぼくはこれまでしたことがないことをした。ママに返事をしなかったんだ。〝んんん〟とすら言わなかった。ぼくはキッチンへもどった。水切り台からグラスをひとつとって、床に叩きつけた。

カットが目をまるくして、ぼくを見た。

「ひどい。つぎはなんなの？」ぼくのあとを追ってキッチンにはいってきたママが泣き声で言った。「うちでいちばん上等のクリスタルなのに」

「ごめんなさい、ママ」カットが言った。「テッドじゃなくて、あたしなの。手が滑っちゃって」

でも、何があったかをママは見ていた。ぼくたちは床に散らばったグラスのかけらをながめた。ぼくは〝んんん〟と言い、手がひらひらするのがわかったけれど、止めようともせず、ママも止めろと言わなかった。カットがほうきとちりとりを出して床を片づけるのを、ママはだまって見ていた。ママがキッチンの椅子にすわって、両手で頭をかかえたので、ぼくは自分が悲しませてしまったのに気づいた。部屋へもどりたくなった。

そこへパパがはいってきた。ジーンズと着古したシャツを着ている。つまり、週末で仕事に出かけなくていいと思っているらしいけれど、火曜日だから仕事は休みじゃない。パパは流し台の前へ行ってカットを少し横に押すと、カットが洗ったばかりのマグカップを手にとり、蛇口をひねって、水をいっぱいに入れて飲み干した。飲み終わると、もう一度マグに水を入れ、二杯目も飲み干した。カットがぼくをつついて、うなずいた。ワインの空きびん二本と、半分減ったブランデーのびん、三分の一減ったウイスキーのびんが冷蔵庫の上に並んでいる。アルコールは液体だけど、飲むとのどがかわくという話を読んだ記憶がある。海を漂流していて、ワインの樽《たる》はあっても水はないとしたら、してはいけないことがふたつある。ワインを飲むことと海水を飲むことだ。

(実際には、もうひとつ飲んではいけないものがある。それが何かはたぶんわかるだろう)

「へえ」ママが言った。「だれかさんはきょう仕事をしないわけね」だれのことかわからなくて、ぼくは部屋を見まわした。

パパがもう一杯飲んで言った。「だれかさんは具合が悪いって電話を入れたよ。ひどい気分なんだ、フェイス。最悪だよ。グロリアはどうした?」

「まだ寝てる」

「不幸中の幸いだな」

「ねえ、パパ……」カットが切り出した。「ママ……」カットは洗剤が混じった水を流し、パパのマグカップを受けとると、ゆすいで水切り台に置いた。「テッドとあたしで……考えてたんだけど……。きょう出かけていいかな」

ママは口をとがらせて、目をむいた。「きのうのきょうだし、テッドがさっきグラスを割ったばかりじゃないの！　論外よ。外出は禁止。ふたりともね」

「でも――」

「つべこべ言わない」

パパが咳払いをした。そしてママの腕をとると、居間へ連れていってドアを閉めた。ふたりが声をひそめて言い争っているのが聞こえる。カットが身を乗り出して小声で言った。

「パパはあたしたちの味方だよ！　きっとそう。ママを説得して、出かけられるようにしてくれる。まあ見てて」

カットの言うとおりだった。四十五分後、カットとぼくはパパといっしょに家を出た。ママは玄関でぼくたちを見送った。ぼくが横を通ったとき、ママは両腕を伸ばしてぼくをハグした。とても短いハグだった。ぼくがハグを好きじゃないのを知っているからだ。近くで見たママの顔はまだらに赤くなっていた。つまり、ずっと泣いていて、まだ悲しい気分だということだ。「楽しんできて。三人とも」ママは言った。パパは急な知らせがあったときのために携帯電話を持って出た。

地下鉄の駅に向かって歩きながら、パパがきいた。「どこへ行きたい？」

「科学博物館」ぼくは言った。

カットがぼくのすねを蹴飛ばした。なんて乱暴なんだろう。「実は、まずショッピングセ

「またCDか。だめだぞ」

「ちがう。ちょっとドラッグストアに寄りたいんだ」カットは手を差し出して、銀色に塗った爪を小刻みに動かした。「マニキュアの除光液を買うの」

「早くはがしてもらいたいな」パパは言った。「B級映画のエイリアンみたいだ」

カットがドラッグストアにいるあいだ、パパとぼくは外で待っていた。パパはぼくにB級映画とは何かを説明し、パパが集めている〈大アマゾンの半魚人〉や〈月のキャットウーマン〉のような映画は、安っぽい仕掛けと無名俳優を使って低予算で作られていて、悪趣味だけど独特のおもしろさがあるから、カルト的ファンがいるそうだ。カルト的ファンってなんなのかと、ぼくはパパにきいた。カルト的ファンというのは、主流じゃないもの、つまり、かぎられた数の人しか好きじゃないものを熱烈に支持する人たちだそうだ。主流じゃないものが主流になるには何人のファンが必要なのかと尋ねようとしたところで、カットが青い液体がはいったプラスチックのびんをこれ見よがしに振りながらもどってきた。

「マニキュア落とし、買えたんだな」パパは言った。

「うん、ありがとう、パパ」

「つぎはどこへ行く?」

「テッドは行きたいところがあるんだよね」

「うん、科学博物館」

「それじゃなくて、その前に考えてたところ」カットは小指をまわしてウインクした。裏庭の物置小屋の写真を十八枚撮ったことからはじまって、ぼくをガウンのなかにもぐらせたり、マニキュアの除光液を買いに走ったりしたカットの行動力に、ぼくの頭はくらくらした。

「そうでしょ、テッド」

「んんん。そうだ。ロンドン・アイ」

パパは足を止めた。腕組みをしてぼくを、それからカットを見る。「なるほど、そういうことか。自分たちなりに捜査しているわけだ」

カットは両手をあげて肩をすくめた。そしてパパの腕をつかんだ。「ねえ、パパ、いいよね。もしかしたらってこともあるでしょう。きのうと同じ時間にあそこへ行ったら、サリムが現れるかもしれない。うちへの帰り方がわからなかったのかもしれない――でも、ロンドン・アイならだれだって、どこからだって見つけられるんだもの。あたしたち――もう一度見てみたい。カプセルにのって。どんなふうか見てみたい。できればサリムが……」

**サリムが見たとおりに見たい**。みんながよくやる、口に出さずに頭のなかで文を終わらせる言い方だ。カットのくちびるは震えていた。カットはパパを手のひらで踊らせているって、ママが言っていたことがある。どういう意味かわからなかった。ぼくはカットの手のひらを見て、ミニチュアになったパパがその上で踊っているところを想像した。パパはカットを引き寄せ、ぎゅっと抱きしめた。

「つらいよな、子猫ちゃん」パパは言った。〝子猫ちゃん〟というのはカットのことで、小さいころにパパはそう呼んでいた。パパは空を見あげた。「ロンドン・アイか。雲が多いから、よくもあり、悪くもあるな」

「なぜ悪いの？」カットがきいた。

「あまり遠くまで見えないから」

「なぜいいの？」ぼくもきいた。

「あまり混まないからだよ、テッド。だから、あまり並ばずにすむ。さあ、行こう」

# 17　稲妻が走る

到着すると、パパの言うとおりだった。ロンドン・アイのまわりの人混みはきのうより少なかった。積乱雲が大きく発達している。低気圧が近づいている。九百九十ヘクトパスカルからさがりつつある、とぼくは予測した。視界はまあまあだ。

チケットを買うのに、あまり時間はかからなかった。しばらくして、ぼくたちはロンドン・アイにのるためのスロープに並び、きのうサリムと別れた場所に着いた。シャボン玉を作るスティックの大型みたいな器具を警備員が持っていて、みんなのボディチェックをした。そして、ぼくたちはスロープを歩いていった。Zの字を下からジグザグにのぼっていくような感じだ。

ぼくたちは、外国人のティーンエイジャー八人のグループと、たたんだベビーカーを持って赤ちゃんとふたりの男の子を連れたやつれ顔の女の人といっしょにカプセルに乗りこんだ。カプセルがのぼりはじめる。反時計まわりに動くカプセルで六時から五時の位置へ向かうとき、ぼくは中にいる人数をかぞえた。十四人だ（赤ちゃんは人数に入れないことにした。歩きまわったり景色を見たりできないし、小さすぎてのったことを覚えていないからだ）。きのうサリムののったカプセルには二十一人いた。

ぼくは、だれも立っていない、わきのほうへゆっくり移動した。ほかの人たちを観察する。みんな外をながめたり、見まわしたり、静かな声で話したり、写真を撮ったりしていた。カットが来てぼくの横に立った。

「やっておいたよ」カットは小声で言った。

「何を？」

「しーっ！　ドラッグストアでフィルムを現像に出したってこと。もどるころにはできあってる」

ぼくは裏庭で写した十八枚の写真と、それ以外の十八枚の写真のことを考えた。ぼくたちとサリムをつなぐ最後のものだ。「ありがとう、カット」

パパも来た。「いいながめだな。車があんなに小さい」

「そろばんの玉みたいだよね」カットが言った。「左から右へ動いてる」ぼくは下を見たけれど、そろばんの玉がそんなふうに見えたことはない。

パパは南の方角を指さした。「双眼鏡を持っていたら、うちの通りが見えたな。わが家も見えるかもしれない」

「ありがちだね」カットは言った。「せっかくここまで来たのに、毎日目の前にあるものを見ようだなんて」

パパは笑った。「こんなに上から自分が住んでいるところを見るなんてはじめてだ。バラックスも見える——こうやって見るときれいだな。掃除さえすればね。あれがガイズ病院で、あっちがショッピングセンター。赤い屋根でわかる」

「国会議事堂を見ようよ、パパ」

カットはパパをカプセルの反対側へ引っ張っていった。ぼくはパパがいた南東側の場所に立って外をながめたけれど、よく見えなかった。十二時の位置に来た。視界がさらに悪くなっている。テムズ川の河口が雲の向こうにかすんでいる。ぼくはメアリー・セレスト号のことを思い浮かべた。水平線の彼方《かなた》へ進んでいく無人の幽霊船。最後のドードーが遠く離れた岩地で死んでいくところを思い浮かべた。ルーカン卿《きょう》が絶壁の上に立って身を投げるべきかと迷っているところを思い浮かべた。神さまたちが鎖のようにつながって、つぎの神さまを作り、無限の彼方の巨大でうつろな空間へ消えていくさまを思い浮かべた。安置台の少年を思い浮かべた。あざだらけで爪の汚れた少年。サリムじゃなかった少年。

**サリム、どこにいるの?** ぼくは思った。そのとき、急に自分がサリムになったような気がした。外を見ている自分のなかに、まるで幻のように笑うサリムがいるのを感じた。たったひとりで知らない人たちとのったカプセルのなかで、サリムがどうしていたのかとぼくは考えた。だれかに話しかけたのか? 隅っこで静かに立っていたのか? ぼくは自分のなかにいるサリムに、何があったのかと尋ねた。けれど、カプセルが九時の位置に着くころ、ドードーや伯爵やメアリー・セレスト号の乗組員たちといっしょに、サリムの幻は消えた。

カプセルの角にあるスピーカーから、記念撮影のために一か所に集まって、北東方向のらせん階段に向かってポーズをとるようにアナウンスがあった。

「やるか?」パパが言った。

「うん、やろう」カットが答えた。

カットとパパはほかの乗客たちといっしょにカプセルの片側に集まったけれど、ぼくは端っこでポーズをとりながら、ほかの人たちがポーズをとるのを見ていた。

フラッシュが光った。カプセルはおりていく。

ロンドン・アイのTシャツを着た若い男の係の人が、ドアの外でぼくたちに出るよう合図をした。ほかの人たちが先に出た。パパとぼくがつづく。でも、カットは残って、カプセルのなかを見まわした。座席の横にかがんだカットを、係の人がはいってきて追い出し、赤ちゃん連れの女の人が落としていったごみを拾いあげて、自分も外へ出た。

「何をやっていたんだ」パパが尋ねた。

「仮説1がまちがっていると証明できた」と言いかけたけれど、仮説8にママがどう反応したかを思い出した。

「何か落としたような気がして」カットが言った。

「さあ、脚を振って」パパは言った(〝脚を振って〟というのは、〝急げ〟と言いたいときにパパがよく使う表現だけれど、走りながら同時に脚を振ったら転んでしまう)。

カットがぼくをつついた。ぼくたちは同時に同じことを理解した。カプセルに残ってもう一周することはできない。出る、はいる、出る、はいる——これは流れ作業だ。

出口への途中に記念写真を売るブースがあった。サリムと待ち合わせる約束をした場所の近くだ。テレビみたいな画面がたくさんあって、のっていた人の写真がカプセルごとに映し出されている。ぼくたちのカプセルは二九〇三番だった。写真にはパパがいて、カットがいて、男の子ふたりと赤ちゃんを連れた女の人がいる。外国のティーンエイジャーたちはそのまわりに集まって笑顔で手を振っている。

「テッドは切れているし、わたしはひどい顔だな」パパは言った。「でも、カットはかわいく写っているよ」

カットは腕を組んで、女の子たちがトップノットと呼ぶ形に髪の毛を結んでいる。ほっそりとして骨張った顔が突き出している。傾けたあごと濃い眉毛のせいか、はっきりと写っていて、まわりの人たちよりもピントが合って自然な感じに見える。カットをさがしていなかったとしても、きっと目を引かれるはずだ。

かわいいというのはそういうことなんだろう、とぼくは思った。

「いやだ、あたし、変な髪型」カットは言った。

ともかく、パパは写真を買った。

それから、ぼくたちはロンドン・アイをあとにして川沿いを歩いた。テムズ川では茶色い水が静かに流れていた。人がほとんどのっていない遊覧船が通り過ぎた。飛行機の音が聞こえたけれど、姿は見えない。空一面の雲が厚くなった。ぼくはずっとサリムの姿をさがしていた。サリムに似た体つきの黒髪の少年が来るたびに、しっかりと見つめた。でも近くで見ると、みんなちがっていた。パパが立ち止まって川面を見渡した。パパが指さす先で、二羽の鵜《う》が水にもぐり、かなりの時間がたってから、十メートル以上離れたところで姿を現した。

「サリムって鵜みたいなのかな、パパ」

「どういうことだい、テッド」

「そのうち姿を現すんだろうか。鵜みたいに。いなくなった場所じゃなくて、ちがうところで」

パパはすぐには答えなかった。川の下流をながめている。くちびるの両端がさがっているから、きっと悲しいんだ。たぶん、あの安置台の少年のことを考えているんだろう。サリムかと思ったけれど、ちがっていた少年だ。「鵜みたいに出てきてくれることを祈ってるよ、テッド」

ぼくたちは川を渡ってエンバンクメント・ガーデンズへ行き、公園のカフェでサンドイッチを食べた。食べ終わると、色とりどりの花壇のあいだを歩いた。そうするうちに、その朝ぼくが予測したとおり、雷雨がやってきた。雨粒が落ちたと思ったら、すぐに叩きつけるように降りはじめた。雷も鳴っている。上空の不安定な大気が激しい雨を降らせたんだ。ぼくは仮説5を思い出した。人体の自然発火現象。雷が自然に発生するんだから、人体の自然発火だって起こってもおかしくないだろう?

「いまロンドン・アイにのっていなくてよかったな」パパが言った。稲妻が光った。その十秒後、雷が鳴った。

「パパ、雷が落ちたのは三キロ先だよ。もっと近くだとしても、雷に打たれる確率は約三百万分の一だ」

ぼくたちは地下鉄の駅へ走った。そのころには〝猫と犬〟みたいに降っていた（これは土砂降りという意味で、ぼくが大好きな表現だ。空から猫と犬が降ってくるのを想像するとき、ぼくが思い浮かべるのは白いふわふわの子猫とダルメシアンの子犬だ）。雨は雹《ひょう》に変わった。稲妻と雷鳴の間隔は四秒になった。

「千二百メートル先まで来てる。幕状電光だ。つまり――」

「静かにして、テッド」カットはそう言って、上着の襟《えり》を頭の上へ引っ張りあげた。「びしょ濡《ぬ》れになっちゃった」

パパは自分の腕時計を見た。「三時だ。携帯にはなんの連絡もない。進展なしってことだ」

「帰ろう」カットが言った。「こんなに濡れたらもう外にいられないよ」

「そうだな、カット。きょうは切りあげよう」

ぼくたちは地下鉄にのった。地上に出たころには、嵐は遠くへ去っていた。雨はもうやんでいる。歩道が濡れていた。

「きわめて局地的な嵐だったんだ」ぼくは言った。

「ねえ、パパ」カットが言った。「もう一回ショッピングセンターに寄っていい？　グローおばちゃんに何かプレゼントを買っていこうと思う。気分が落ち着くバスオイルなんてどうかな」

パパのくちびるの両端があがった。「いい考えだな、子猫ちゃん」

カットがまたドラッグストアにいるあいだ、パパとぼくは待っていた。カットはシロップみたいなラズベリー色の液体がはいったプラスチックのびんを持って出てきた。パパはキャップをはずしてにおいをかぎ、鼻にしわを寄せた。つまり、あまりいいにおいだと思っていないということだけれど、パパは「きっと喜ぶよ」と言った。

パパは気づかなかったけれど、毛皮の襟がついたカットの上着のポケットから、現像したばかりの写真の袋が少し見えていた。

# 18　九番目の仮説

家に帰ると、グロリアおばさんのたばこの煙で居間にスモッグが発生していた。スモッグというのは、厳密には煙と霧と排気ガスが混合したものだけれど、これは煙と煙と煙が混合したものだ。なんの知らせもなかったとママは言ったけれど、パパの携帯が鳴らなかったのだから、もうわかっていたことだ。ママとグロリアおばさんに、ロンドン・アイへ行ったことを話そうとしたら、カットが咳払いをはじめ、パパは川沿いを散歩してとても気持ちよかったと言った。カットは、ぼくたちふたりからのプレゼントだと言って、おばさんにバスオイルを渡した。おばさんはラベルを見て、くちびるの両端をあげた。ありがとう、カット、ありがとう、テッドと言い、サリムが小さいころに自分がこういうオイルを使っていたと付け加えた。

「サリムったら、ちっちゃな悪魔だった」おばさんは言った。「ずうっと遊んでた。シャボン玉がお気に入りで、いくつも吹きあげては、はじけると笑ってね」

おばさんが泣きだしたから、ママはカットとぼくに二階へあがるよう言った。

二階の部屋で、カットは写真を取り出して一秒に一枚の速さで見ていった。ぼくも見たくてたまらなかったけれど、カットは見せてくれない。十八秒後、裏庭と洗濯物と物置小屋を写した十八枚の写真がベッドカバーの上に投げ出された。サリムがいなくなった朝に撮った最初の十八枚になると、カットはゆっくり見ていった。肩越しにのぞきこもうとしたけれど、押しのけられた。カットは全部を二回ずつ見ると、興味を失ったようにベッドに投げつけた。

ぼくはそれを拾いあげて見た。

「つまんない観光写真ばっかり」カットは言った。「どこにでもある」

国会議事堂、ランベス橋、ロンドン・アイをいろいろな角度から撮った写真があった。ジュビリーの歩道橋でサリムがカットとぼくを撮った写真がいちばんいい。カットとぼくが顔を寄せ合っていて、後ろにロンドン・アイが半分と、橋と川と空が写っていた。カットは笑っている。ぼくは首を傾けて何か考えているように視線を上に向けている。カットはぼくより背が高い。ぼくの頭のてっぺんがカットのあごの下ぐらいだ。

最後の写真はぼくが撮ったものだ。うまく撮れていない。ロンドン・アイではなく、まわりに並んでいた人たちの脚や、顔のない胴体が写っていた。ぼくは現像した写真を、サリムがのっていたはずのカプセルの記念写真の横に、仮説のリストといっしょに並べた。

ぼくたちは無言ですわりこんでいた。

カットが長いため息を漏らした。「あたし、何がわかると思いこんでたんだろ」そして、写真をごちゃ混ぜにした。「カメラは見つけたときにグローおばちゃんに返しておけばよかった。いまからじゃ、なんで返さなかったのか説明しろと言われちゃう。それに、サリムが撮った最後の写真を見たら、おばちゃんはまた泣きだすに決まってる」カットは歩道橋で撮ったぼくたちの写真を手にとって、また投げ出した。「手がかりだなんて。とんでもない！」

ぼくは写真を拾いあげて提案した。「この写真とカメラは、サリムがもどるまでぼくの部屋にかくしておこう」

「もしもサリムがもどったらね」カットはくちびるを嚙んだ。そして、首を振りながら、全部の写真を乱暴にまとめた。「でも、かくすのは賛成。グローおばちゃんを刺激することないもんね。うそをつく必要もないよ、テッド。何も言わなきゃいいだけ」仮説のリストを手にとった。「こんなのは」——紙をまるめてごみ箱に投げ入れた——「あたしたちの手には負えないよ、テッド」

ぼくは、捨てられた紙がかさかさと音を立て、ひとりでに開こうとしているのを見守った。角が見えたとき、ごみ箱から拾いあげて机の上でしわを伸ばした。

「もう忘れよう、テッド」カットは言った。

ぼくはペンをとった。「消去法で行こうよ」ぼくは言った。世界一有名な架空の探偵シャーロック・ホームズによると、すべてを消去して残ったものは、どんなにありえそうもないことであっても、まちがいなく真実だ。すべてを消去して残るのが、ぼくがいちばん気に入っている仮説ならいいのにと思った。それはサリムが自然発火したというものだ。グロリアおばさんにとってもサリムにとってもいい結末じゃないだろうけれど、自然発火が実際に起こる現象だとわかり、ぼくが発見したことが科学の発展につながるからだ。

「仮説1と8は消していい」ぼくは作業に取りかかった。「カプセルがおりてきたら、もう中にいられないことと、だれかの服の下にかくれて出てこられないことは、きょう立証できた」ぼくはそのふたつに線を引いて消した。

「もうやめて、テッド」

「残りは六つだ」

「やるんだったら、まず自然爆発とかいうのを消したらどう?」

「仮説5?」

「そう。それとタイムワープのやつ」

「仮説7?」ぼくは迷いながらリストの上で鉛筆を止めた。「でも、ほかの仮説をすべて消去して残ったとしたら——」

「いいかげんにして、テッド」

いま目の前でカットが自然発火すればいいのに、とぼくは思った。でも、そうはならなかった。カットは眉を寄せ、上下のくちびるをくっつけた。そのとき、左目から涙がこぼれ、鼻を流れ落ちた。ぼくはこれまでに感じたことがない気持ちになった。ぼくは仮説5と7に、ものすごくゆっくりと波線を引いた。いやな感じが食道のあたりをのぼってきた。

「消したよ」ぼくは言った。

カットは、また興味がわいてきたようにリストを手にとって、涙をふいた。「残りは四つだね。2、3、4、6」

「9もある」ぼくは思い出した。

「9?」

「仮説9はゆうべ話そうとしていたやつだよ」ぼくはカットに言った。「電話が鳴ったから書けなかったんだ」

カットはぼくのペンをとった。「うん、まだ聞いてなかった。言ってみて。有力な説なんでしょうね」

「うん、そうだよ」ぼくは話しはじめた。「仮説9は、サリムが最初からカプセルにのらなかったということ」

カットが途中で書くのをやめ、そんなのばかげてる、と言ったから、そんなことない、とぼくは言い返し、あたしたちサリムがのるところを見たでしょ、と言ったから、サリムだと思っていたものを見たけれど、あれはただの影で、だれだかわからない、とぼくは言った。

「こっちを見て手を振ったじゃない」カットは言った。

「そうする人はいっぱいいる。サリムだけじゃない」

「なら、あたしたちと別れてからスロープのいちばん上に行くまでのあいだに、サリムに何が起こったの?」

それについては考えていなかった。「立ち止まってスニーカーのひもを結んでいるうちに、のらないことにしてスロープをもどってきたけれど、そのときにはぼくたちが移動したあとだったのかもしれない。ぼくたちをさがしたけれど、もう人混みのなかに消えていた。そのあと、迷子になったか、逃げたか、誘拐されたのかもしれない」

カットは目を閉じた。「ちょっと待って。あのときのことを思い出してみる」

ぼくも目を閉じた。でも、ぼくの頭に浮かんだのは、Zの字を下からのぼるスロープと、サリムそっくりの一列に並んだ少年たちが笑いながら手を振ってさよならを言い、断崖のふちまで歩いていくところだった。

「テッド」カットが言った。ぼくは目をあけた。「それはみごとな仮説だと認めざるをえないね」

ぞくぞくするようないい感じが、食道から頭皮まで伝わっていった。ぼくはにっこり笑った。

「でも、まちがってるよ、テッド」

ぼくは笑うのをやめた。「まちがっている」

「テッドにはわからないかもしれない。スロープのてっぺんで手を振った男の子。立ち止まって振り返った感じ。また前を向いて歩いていった感じ。あれはサリムだった。あたしには、ただそうわかる」

「ただそうわかる？」

「ボディランゲージってやつ」

さっきまでのいい気分が台なしになった。〝ボディランゲージ〟というのは、コミュニケーションのひとつの形で、英語やフランス語や中国語を話すのに近いものだけれど、ことばではなく、身ぶりだけを使う。人間もチンパンジーもミーアキャットもアカエイも、習わなくても本能でボディランゲージを読みとることができる。でも、ぼくを診察したお医者さんたちによると、ぼくと同じ症候群の人たちにはそれができない。外国語のように覚える必要があって、それには時間がかかる。

「つまり、手を振った少年について、ぼくにはわからない何かがカットにはわかったってこと？」

「そうよ、テッド」カットはやさしく言った。ぼくの肩に手を置いたから、首の後ろの毛が逆立った。「信じていい。あたしたちが見たのはサリムだよ。まちがいない」

ぼくはカットから鉛筆を受けとって、カットが仮説9として書いたものを消した。線を三回引いた。いちばんいい説だと思っていたのに、それは生まれるとほぼ同時に消えた。ドードーのようにすっかり消え去ってしまったんだ。

## 19　列車にのった少年

ママがはいってきたから、カットは机に置いてあった写真と仮説リストの上にすわった。

「ここにいたのね」ママが言った。

「ああ、ママ」カットは言った。脚を前後に振りながら宙を見つめている。

「とんだ中間休みになったね」

「心配しないで、ママ。あたしたちならだいじょうぶ」

ママはほほえんだ。そして、警察がまた家に来ることになって、ぼくたちも何かきかれるかもしれないから下に来るようにと言った。ママが出ていくと、カットは机からおりた。写真と仮説リストをぼくの机の小さな引き出しにしまったあと、記念写真を手にとり、何かの役に立つかもしれないから警察に渡すと言う。それから部屋を出ていった。ぼくはまた引き出しを開いた。大好きな写真を見る——サリムが歩道橋で撮ってくれたカットとぼくの写真だ。ぼくの肩の後ろからロンドン・アイの端っこが飛び出してきそうだ。ぼくはその写真を、気象学入門の本の低気圧のページと高気圧のページのあいだにはさんだ。そこなら見つからないからだ。そしてカットを追って下へおりた。

まもなく警察の車が来て、ママとグロリアおばさんはいっしょにソファーにすわり、ひとりで来たピアース警部をパパが出迎えた。警部はきのうと同じ椅子にすわった。

しばらくのあいだ、だれも何も言わなかった。カットが警部に近づいて記念写真を見せた。

「見せるのが遅くなってごめんなさい」カットは言った。「きのう渡せばよかったんですけど、忘れちゃって。ね、テッド？」

「んんん」ぼくは言った。

ピアース警部は写真を手にとると、首を振ってにっこりした。「これならもうあります」警部は言った。「三十二台全部の二周ぶんの写真を見ました。でも、ありがとう」

グロリアおばさんは写真をつかんで、じっと見た。「これは何？」

「カプセルにのっていた人たちの写真だよ、グロリアおばさん」ぼくは説明した。「そのカプセルに――」

「残念ですが、どの写真にもサリムの手がかりはありませんでした」ピアース警部は言った。「監視カメラにも写っていません。わたし自身の目でだいたい確認しました。そのカプセルには、かなり体格がいい男性がひとりのっていて――」警部は前のめりになり、レインコートを着た大柄な白髪の男の人を指さした。「ずっと同じ場所から動かなかったので、カメラの視界がさえぎられていたんです」

グロリアおばさんは写真をぼくの足のそばに投げた。ぼくはそれを拾いあげた。「あたしの考えを言わせてもらいます」おばさんは言った。「サリムはそもそも、あんな観覧車になんかのらなかったのよ!」

「それは興味深い仮説だよね、グロリアおばさん。ぼくもその可能性を検討したんだけど——」

「テッド」ママが指をくちびるにあてた。そのボディランゲージなら、ぼくだって知っている。「静かにしろ」という意味だ。

また沈黙があった。

すると警部が、手がかりになりそうなことがあると言った。サリムとよく似た特徴を持つ少年が、きのうの午後四時にユーストン駅の改札口をすり抜けて、発車寸前の列車に飛びのったのを警備員が目撃したという。

「列車? どの列車に?」グロリアおばさんが尋ねた。

「ロンドンからマンチェスターへ行く特急列車です」

「マンチェスター? あたしたち、そこから来たんですよ。どうしてサリムがそこへもどるの?」

「その少年は——サリムかどうかはともかく——ひとりだったそうです。残念ながら、足どりはそこで途絶えています。列車の車掌《しゃしょう》にはその少年の記憶がありません。どこか途中の駅でおりた可能性もあります。マンチェスター警察が、現在サリムがマンチェスターにいないかを調査中で——」

「父親のところよ!」グロリアおばさんが言った。

「いえ、父親のところにはいませんでした。こちらで最初に調べています」警部はサリムのアドレス帳を取り出した。「サリムと親しかったとうかがった人たちからはすべて話を聞きました。いとこのラメシュとヤスミン。ご近所のタイソン家のかたがた。学校の友達のマーカス・フラッド。そして、小学校からの幼なじみのポール・バリッジ」

「それで?」

「おととい出発なさってからは、だれのところにもなんの連絡もありません」

「んんん」ぼくは言った。「だけど――」

「テッド、静かに」ママが言った。

「仮にサリムがマンチェスターにもどったとして」ピアース警部はグロリアおばさんに言った。「いちばん行きそうな場所はどこですか」

おばさんは目の前の空間を見つめて、ため息をついた。「ちがうのよ」

「なんですか?」

「列車の少年というのは、ゆうべ安置所にいた少年みたいなもの。あの子だって、サリムだと思ったけど、ちがったでしょう」

ピアース警部は手を伸ばして、グロリアおばさんの手にふれた。「それについては大変申しわけなく思っています。あの時点では、しっかりした写真がなかったものですから。いまはあります」警部は手に持っていた茶色の封筒からサリムの写真を取り出して、ぼくたちに見せた。「前のご主人からもらいました。これなら現在の姿と近いでしょうか」

サリムはスウェットシャツの上に学校のブレザーを着ていて、くちびるの上にうっすらとひげが生えていた。くちびるはまっすぐ結ばれて、上にも下にも向いていないから、楽しそうにも悲しそうにも見えない。

「ええ、そうです」グロリアおばさんは小声で言った。「いつも二枚現像して、サリムが父親のラシッドに一枚渡してました。毎年そうしていたんです。特に理由はありませんけどね。ラシッドが写真を飾ってたかどうかも知りません。何も――」

玄関のベルが鳴った。パパが玄関へ見にいって、話し声が聞こえたかと思うと、ジーンズと緑のシャツを身につけた、背が高いインド系の男の人がはいってきた。

「悪魔の話をすると悪魔が現れるってわけね！」グロリアおばさんが怒ったように言った。ぼくはおばさんの隣に立っていたから、それが聞こえた。その男の人は特に悪魔のようには見えなかった。たぶん、別の私服刑事だろうと思った。手がひらひら動いた。

「どういうことなんだ」その男の人はグロリアおばさんを見て言った。「わたしの息子は見つかったのか」

おばさんもその人を見た。「ここで何やってるのよ」

「息子をさがしにきたに決まってるだろう。きみがちゃんと見ていなかったからだ！」

やっぱり悪魔が部屋に現れたらしい。だれもかれもが、ものすごい大声でどなりはじめた。両手で耳をふさいだけれど、それでも聞こえる。ぼくは部屋に何人いるかをかぞえた。七人だ。何歳かわからない人たちについては推理して、現実も推定も含めて、そこにいる全員の年齢を合計した。二百三十三だ。平均年齢はおよそ三十三・三で、循環小数になるところまで計算したけれど、みんなはまだ腹を立てていた。〝腹をかかえる〟と〝腹を立てる〟のちがいは、片方は楽しくて、もう片方は楽しくないということだ。ぼくは腹をかかえるほうがずっと好きだ。

ピアース警部が立ちあがった。「失礼したほうがよさそうですね」と言ったけれど、パパとぼく以外の人はみんなどなり合っていたから、聞こえていたかどうかわからない。パパが警部を玄関まで送っていったので、ぼくもついていった。居間から、まだどなり声が聞こえている。

「では失礼します、スパークさん」ピアース警部は言った。「ゆうべはほんとうに申しわけありませんでした」

ぼくの肩に置いていたパパの手に力がはいった。「あのかわいそうな男の子について調べてもらえるでしょうか」

「捜査中です」ピアース警部は言った。「サリムのことですが、みなさんが落ち着いたら、マスコミに協力を要請していいかを尋ねていただけますか？」

「マスコミ？」

「ええ。ニュース番組でサリムの写真を公開すれば、目撃者が名乗り出るかもしれません」

パパはうなずいた。「きいてみます」

「ピアース警部」ぼくは言った。手がひらひらと動く。「きのう、サリムの携帯電話にだれかから電話がかかってきたんです。十時五十分ごろでした。友達がマンチェスターからお別れを伝えてきた、とサリムは言っていました」

「そうなの？　覚えておきます」警部はぼくに向かってほほえんだ。つまり、友達になれるということだ。「わたしの部下があなたの半分でも頭がまわればいいんだけどね、テッド」

警部はうなずくと、パトカーを停めた場所まで、庭の細い通路を歩いていった。

パパとぼくは居間へもどった。ラシッドが、きのうの午後の忙しい診察時間に警察がいきなりやってきたから、患者たちから自分が第二のドクター・デスかと思われたにちがいないと言っていた。ドクター・デスというのは、何十人もの患者を気の向くままに殺していた悪魔みたいな医師に新聞がつけた呼び名だ。グロリアおばさんは、クッションをいまにもラシッドに投げつけそうな感じでつかんで、あんたは人からどう思われるかしか頭にないのね、と言っていた。ママが立ちあがり、カットのひじを支えてぼくたちを玄関へ連れ出した。

ママは居間のドアを閉めた。

「ああ、とんでもない。ふたりで勝手にやって」ママは言った。「ピザでも食べにいきましょう。腹が減っては、いくさができないからね」

そういうわけで、ぼくたちは近所のピザ・レストランで大きなピザを四枚食べたから、いくさになってもだいじょうぶそうだ。ぼくはコカ・コーラ、カットはスプライト、ママはビール、パパはボトル入りの炭酸水を飲んだ。パパとぼくは自分のぶんをたいらげ、ママとカットは最後のひと切れを交換して食べ終えて、あとに残ったのはピザの耳の部分のかけらだけだった。つまり、全員がものすごくおなかがすいていたということだ。食事中、サリムのことは話さなかった。ぼくは雷雨がなぜ発生するかを説明し、カットは銀色のマニキュアを落とした手をパパに見せた。キャットウーマンが月へ帰ってうれしいよ、とパパは言った。

家にもどると、ラシッドとグロリアおばさんは腕を組んでソファーにすわっていた。ぼくは驚いたけれど、ママがカットとぼくのことを好ききらいが入り混じった関係だと言っていたのを思い出し、ラシッドとグロリアおばさんもきっとそうなんだろうと思った。ママはラシッドに、よかったらソファーで泊まっていけばと言い、ほんとうですかとラシッドが言ったので、ママはもちろんよと言い、ラシッドはご親切にありがとう、そうさせてもらいます、と言った。そして、カットとぼくは二階にあがって寝るように言われたから、ふたりともそうした。

## 20　盗み聞き

カットはエアマットの上でまるまって、眠りに落ちた。家は静かになった。

カットはぴちゃぴちゃと変な音を立てている。犬が水を飲むときみたいだ。

ぼくは眠れなくて、ずっとサリムのことを考えた。ロンドン・アイのスポークの陰から見えかくれしている、上下のくちびるが離れたサリムの顔が浮かんだ。ぼくのことを最高にクールだと言ってくれたこと、さびしいときがあると話していたことも思い出した。安置台の少年。列車にのった少年。サリムなのか、サリムじゃないのか。

ぼくは机の明かりをつけた。カットは起きなかったけれど、うなり声をあげて寝返りを打った。

ぼくは気象学の本を机からとって、橋の上でサリムが撮ったカットとぼくの写真を見た。写真のことはよくわからないけれど、ぼくが撮ったのとはちがって、いい写真なのはわかる。顔のまわりの線がくっきりとして、ちょうど真ん中にぼくたちが写っている。ロンドン・アイの輪の一部がぼくの肩の向こうに見えていて、三十二個あるカプセルのうち七個が日差しを浴びて輝いている。

ぼくは写真を、かくし場所にもどした。低気圧の章と高気圧の章のあいだだ。ぼくは考えた。低気圧は反時計まわり。高気圧は時計まわり。北半球にいるのならそうなる。もし南半球にいるのなら逆だ。排水口へ流れこむ水の渦と同じことになる。北半球では反時計まわりの渦になり、南半球では時計まわりだ。

そして、ロンドン・アイにも同じことが言えるのに気づいた。ずっと反時計まわりだと思っていた。たしかに、テムズ川の南岸から見ればそうだけれど、北岸から見れば時計まわりになる。大ちがいだ。

渦、そして輪。時計まわりか反時計まわりかは、どう見るかによってちがう。土のなかにいる線虫がオスなのかメスなのかも、どう見るかによってちがう。パパが好きなことわざもある。グラスにもう半分しか水がないと思うのか、まだ半分あると思うのかは、どう見るかによってちがう。

ぼくは頭をかいた。**どう見るかによってちがう**——ひとつのことが、同時に正反対のことにもなる。いつかカットが見せてくれた滝の絵を思い出した。そこでは、水が上に向かって流れて見えるように描かれていた。そういうことが、サリムの失踪を解決する手がかりになるかもしれない。カットとぼくは、上下さかさまに、または反対の向きから物事を見ているのかもしれない。

ぼくはわくわくした。物事をちがう見方で観察するのは得意だからだ。小さいころ、ぼくは卵を三つの輪で表現して描いたことがある。殻、白身、黄身だ。土星みたいに見えたけど、学校の先生は卵をそんなふうに描くのはとても珍しいと言ってくれた。まるでぼくの目がX線で、卵を透視したように断面を描いている、と。いまぼくは、サリムがカプセルにのっているところをX線の目で観察しようとしたけれど、見えたのは、カプセルのなかの黒い影が記念写真のためにカメラに向かう様子だけだった。

そこで、つぎに記念写真を手にとった。さっきグロリアおばさんが床に投げ捨てて、警察も必要ないと言ったから、部屋に持ってきてあった。アフリカ系の女の人たち、背が高い白髪の男の人、太った夫婦とその子供たち、日本人の観光客たちを観察した。並んでいたときにそばにいたピンクのジャケットを着た女の子は腕しか写っていなくて、ほかの人たちの上から手を振っていた。ボーイフレンドのほうは写っていない。背が低い白髪の男の人といた、背が高いブロンドの女の人もいない。そのカプセルは混んでいたから、全員は写真に写らなかったんだ。サリムは後ろのほうのどこかにいて、ほかの人たちの重なった体の陰にかくれているんだろう。胴体の隙間をX線の目で見ようとしたけれど、境界がぼやけた灰色の小さな点々しかわからなかった。ぼくは写真を押しやった。

ぼくは下へおりてキッチンに忍びこんだ。ママがソルト&ビネガーのポテトチップスをかくしている場所を知っているから、少し食べたくなった。小袋をふたつとって、そっと廊下へ出た。ぼくは足を止めた。居間のドアが少しあいていて、グロリアおばさんの声が聞こえる。何か手がかりがあるかもしれないと思って、ぼくは聞くことにした。グロリアおばさん自身は気づかなくても、ぼくが聞けば重大なことだとわかるかもしれない。ママからは盗み聞きはいけないと言われている（〝盗み聞き《イーブスドロップ》〟というのは変なことばだ。ひさし《イーブス》は屋根が壁の上に突き出た部分のことだけど、そこから落下《ドロップ》するものは雨水だけで、その音を聞くことはできない）。カットは年じゅう盗み聞きをする。ママとパパが、たとえば成績表のことなど、大切な問題について話しているとき、こっそり廊下に立っている。それはいけないことだとぼくが言うと、怒って追い払うんだ。

でも今夜は、ぼく自身が盗み聞きをすることに決めた。

「待つのって大きらい」グロリアおばさんが言っている。

「知っているよ」ラシッドの声だ。「きみにがまんは似合わない」

「マスコミに協力を頼むべきだと思う。ピアース警部の言うように」

「まだ早いよ、グロリア。個人的な問題が世間に広まるのはいやだ」

「またそれ。他人からどう思われるかばかり気にして。それがなんだっていうの？　大事なのはサリムよ」

「わかった。あすまでに見つからなかったら、マスコミを呼ぼう」

一瞬、静かになった。悲しげなうなり声とソファーがきしむ音がする。

「サリムが生きていることをたしかめられるなら、なんだってやる。どこかで、どこでもいいから、無事でさえいてくれたら」

「きっと無事だ。わかるよ、第六感で」

「第六感ねえ。あてにしていいのかしら」グロリアおばさんが言った。「ねえ、ラシッド。

サリムが無事にもどったら、もっと連絡を取り合いましょう。口もきかないなんて、あの子にとっていいことじゃなかった」

「なら、なぜあの子をニューヨークに連れていくんだ？　親権停止を申し立てようかと思ったよ」

「まさか！」

「ほんとうだ。計画していることすら話してくれなかったじゃないか。サリムから聞いてはじめて知ったよ」

「あたしだってお金が必要なの」

「毎月払っているじゃないか。約束どおりの額《がく》を」

「足りないのよ。あたしだっていいお給料をもらいたい」

「なんのために？　服を買うためか？」

声がまたどんどん大きくなる。ぼくは階段のほうへ少しずつさがっていった。

「あなたは仕事で望みどおりに地位を築いてるじゃない。あたしだってそうしたいのよ」

「困った女だな、きみは。自分のことしか考えていないのか」

「そんなことない。毎日毎日、サリムの世話をしてるのはあたしよ。生まれてからずっといっしょに生きてきた。サリムはあたしのものよ。あたしが行くところについてくるの」

「サリムはサリムだ。わたしたちどちらのものでもない」

静かになった。ぼくはじっとしていた。ソファーがまたきしんだ。

「あなたの言うとおりね。サリムに何かあったら、あたしを許さないでしょ。でも、あたしだって自分を許せない」おばさんの声がいまにも泣きだしそうに震えている。ぼくは階段を一段のぼった。

「自分を責めるなよ、グロリア」ラシッドの悲しげな声がひびく。「この前サリムが来たとき、頼んできたことがあるんだ」

「何を？」

「わたしといっしょに住めないかって」

「うそでしょう」

「ほんとうだ」

「まさか。そんなはずない」

「本気だったのかどうかはわからない。でも、頼んできたのは事実だ」

「で、なんて答えたの？」

「わたしは……毎日診察で忙しいから――お母さんといたほうがいいと言った。ニューヨークはすばらしいところだから、行ったほうがいいとな。つまり、はねつけたんだ。ゆっくり話を聞いてやらなかった。ちょうど、患者のところへ行こうとしていたときに言ってきたんだ。わたしは耳を貸そうとしなかったんだよ、グロリア」

「ああ、ラシッド、やめて！　大人の男が泣くところなんて見てられない」

服がふれ合う音、くぐもった声、深い息づかい。つぎに起こることは予想がついた。髪の毛が逆立った。キスしているんだ。音を聞いて、舌をウナギみたいにからめるキスだとわかった。カットが二、三年前に教えてくれた。映画でよくやってる、ほおの動きでわかる、と言っていた。先生たちが見てないときに学校の廊下でもやってる人がいる、あたしたちが見てないときにママとパパもやってる、とも言っていた。

ママはときどきおかしな罰を決めて、ぼくたちをおどかす。ぼくが制服のシャツを三日間着替えないと、シャツをぼくから引きはがし、襟《えり》の汚れを見て金切り声をあげたあと、こんど着替えるのを忘れたら足の爪で留めて洗濯ロープから吊すと言う。もちろん冗談だ。でも、足の爪で留めて洗濯ロープから吊されるのと、グロリアおばさんみたいな人からキスされなきゃいけないのと、どちらがいいかときかれたら——答は決まっている。だんぜん洗濯ロープだ。

ぼくは二階へ飛んで逃げた。もう盗み聞きはじゅうぶんだった。

# 21 絵合わせパズル

ぼくはカットを起こさないように気をつけて、ベッドへもどった。ポテトチップスは、音が立たないように口のなかで柔らかくなってから噛むようにした。そっと仮説のリストと写真を取り出し、ぼくは考えた。洗濯ロープの写真はまとめて机にのせ、それから残りの写真を見る。ポテトチップスをひと袋食べ終えて、つぎの袋をあけた。

半分なくなったところで、ぼくは食べるのをやめて目をこらした。別の写真を見てそれにも目をこらす。

「カット!」ぼくは大声で言い、肩を強くゆさぶった。

カットは体を起こして、頭を両手で支えた。「ああ、変な夢。いったいなんなの?」カットはエアマットからぼくを見あげた。

「あの人だよ、カット。チケットをくれた男の人」

カットは首を左右に振って、あくびをした。「くわわわあ(そう聞こえた)。あの人がどうしたって?」

「見つけたんだ!」ぼくは調子のはずれた声を出した。

カットは目をまるくして、困った顔をしていた。ぼくはカットに自分が撮った写真を見せた。うまく撮れていない、顔なしで胴体ばかりの写真だ。ぼくはひとりの男の人の胴体を指さした。Tシャツの上にジャケットをはおっている。

「これ、あの人だよ！」

「なんでわかるの？　ほかの人と同じようにしか見えないけど。それに、わかったからどうなの？」

「なんでもないかもしれない。でも、何もかもわかるかもしれない」

カットは、ぼくがときどきやるように頭を傾けた。そうやると、しっかり考えられるからだ。そうやると、考えなくてはいけない内容によって、脳の左右どちらかの必要な側へ血液を送りこむことができるというのがぼくの理論だ。左脳は論理的な推理と分析的な思考、右脳は創造的な思考をおこなうから、ひらめきは右から来るんだと思う。

「あの人が近づいてきたのって、ちょっとおかしな感じだった」カットは言った。「うさんくさいっていうか。まあ、ただの偶然かもしれないけど」カットは写真を手にとって見なおした。「この写真だけでわかったわけじゃないよね。あんたはだれが何を着てるかなんて気にしないし」

「うん。その写真だけじゃないよ、カット。これを見て」ぼくはそのすぐ前にサリムが撮った写真を見せた。ロンドン・アイを撮った写真だけれど、近すぎて上のほうが切れていた。列の一部と見物する人たちが前に写っている。写っている人をひとりひとりよく観察すると、カメラに向かってくる男の人の肩から上が見える。豆粒ぐらいの大きさだけれど、見覚えのある顔だ。

「あの人だよ」

カットはじっと見入った。「そうだね、テッド。あの人だ」もう一枚の写真も手にとる。

「顔と肩はこれ。胸とズボンはこれ。ぴったり合うよ」

ぼくは机の引き出しから虫眼鏡を持ってきた。二枚の写真をいっしょに見ていく。上と下を合わせて絵を完成させるパズルだ。あるはずの場所に並べていく。ジグソーパズルみたいに。

「Tシャツに何か書いてある」虫眼鏡でのぞきながらカットが言った。「なんて書いてあるんだろう。OとTはわかるんだけど、ほかの字はかすんじゃって」カットはぼくを見た。

「ねえ、テッド、これってたぶん大発見だよね」ぼくの肩を強く叩いたから咳が出た。「あした、ネガを持って写真屋さんにもう一度行ってくる。この二枚を大きく引き伸ばしてもらおうと思うんだ。でも――このこと、だれにも言っちゃだめだよ」

「ママたちには？」

「説明しようとしても無視されるに決まってる。だめ。この手がかりはあたしひとりで追う」

「カットひとりじゃないよ」

カットはまたぼくの肩を叩いた。「もちろん、あんたといっしょによ、テッド。まず、Tシャツになんて書いてあるかを解明しよう。もしかしたら、ひょっとしたら、この男の人を見つけ出せるかも」

ぼくは興奮して「んんん」と言うのも忘れていた。

「テッド——認めたくないけどさ、あんたって天才」

カットはぼくが食べていたポテトチップスの袋をひったくり、むしゃむしゃと残りを食べた。

# 22　ことば遊び

　そのあと、ぼくたちはしばらく眠った。目が覚めると、さわやかな風が西から吹いていた。小雨《こさめ》が窓を軽く叩いている。エアマットにはだれもいない。チケットをくれたあの知らない男の人の手がかりがどこへつながるのか、リストに残った仮説にどうあてはまるのかを、ぼくは考えた。**どう見るかによってちがう**。ゆうべ頭に浮かんだことばを思い出した。ひとつのことが、同時に時計まわりにも反時計まわりにもなる。ぼくの頭は混乱した。

　カットが部屋にはいってきた。体をくねらせながら、毛皮の襟《えり》がついた上着を着ようとしている。上着がきつすぎるらしい。まず片方の腕を、つぎにもう片方の腕をあげて、どうにか袖《そで》を通した。「出かけてくるよ、テッド」カットは小声で言った。「みんなに気づかれる前に写真を引き伸ばしてくる。一時間でもどるから」

　カットは指をくちびるにあて、ネガがはいった写真の袋を持って出ていった。

　ぼくは机の上を見た。衣類を吊した洗濯ロープの写真が散らばっていて、肩と袖口を洗濯ばさみで留めたパパのタータンチェックのシャツや、さかさまに干したママの黒い長袖Tシャツ、カットの学校のスウェットシャツ、パパのボクサーパンツ、ママのブラ三枚、それにぼくのパジャマがごちゃ混ぜになって見えた。ぼくは写真をきちんと積み重ねてから、枕にもたれかかった。ロンドン上空に張り出した前線からの冷たい空気がおでこをなでた。気象衛星からの写真を思い浮かべた——ぼくの乱れた頭のなかのように、まばらな雲が入り乱れている。

ぼくに必要なのはそれだと思った。衛星から見おろした画像だ。静止衛星は地上三万六千キロの高さから画像を送信し、雲の温度や海面水温を測定する。気象学者にいまの様子を知らせ、接近する気象の仕組みを理解して予報を出すことができるようにする。

そのとき、ぼくは思い出した。静止衛星だって、一度にふたつのことをしている。静止しながら動いているんだ。地上からは同じ場所にとどまっているように見えるけれど、それは地球が自転するのと同じ速さで移動しているからだ。時計まわりか反時計まわりか、オスかメスか、もう半分しかないのかまだ半分もあるのか、止まっているのか動いているのか。すべて**どう見るかによってちがう**。

ぼくは大きく息を吐きながら、激しく脳波を出す頭を枕の下に突っこんだ。ママとグロリアおばさんの声が階段の上と下で聞こえる。パパの声は聞こえなかった。時計を見ると九時二分だから、もう仕事に出かけたんだ。ラシッドの声がキッチンから聞こえる。トーストのにおいがする。

一時間たった。ぼくは着替えた。きのうもおといも着たシャツをまた着たけれど、ママはたぶん気づかないだろう。十時五分に階段の上に立つと、ちょうどカットの影が玄関のドアのすりガラスの向こうに現れた。ドアがゆっくりと開く。カットが自分の鍵でこっそりはいってきた。階段の上にいるぼくを見つけて、また口に指をあてる。だけど、ママに聞こえたらしい。カットが階段に行き着く前にママがキッチンから出てきた。

「どこへ行ってたの？　勝手に出歩いていいとは言ってないけど」

「ああ、カット、見つかった？」ぼくは言った。

カットはママを見て、それからぼくを見た。

「ぼくの方位磁石だよ」ぼくは下へおりて、ママのひじを軽く叩いた。「きのうポケットから落としたらしくて。カットが庭を見てきてくれたんだ」

「あら、そう」ママはそう言ってぼくの頭をなでた。「知らなかった。ごめんね、カット。どこかへ出かけてたのかと思っちゃって。で、見つかったの？」

「ううん。植えこみのなかをさがしたけど、なかった」

「安いやつだったからいいけど」ぼくは言った。「風向きを見るのに便利だったんだ」

「そのうち」ママは言った。「これがすべて片づいたときに」――ママは口ごもって、かぶりを振った――「もしこれがすべて片づいたら、新しいのを買ってあげる。カットにも何かね。ふたりがそれまでおとなしくいい子にしていてくれたら――」

ママはことばを切って肩をすくめ、また首を振ってキッチンへもどった。カットがぼくを見た。

「行こう、テッド」カットがぼくの腕を強く叩いたから、あやうく階段から転げ落ちそうになった。「こんな日が来るとはねえ。あんたがうそをつくなんて」

二階のぼくの部屋へあがると、カットは上着の前に入れていた大型の封筒を取り出した。「店の人が……」カットは言った。「覚えてたよ。一時間もかからずに引き伸ばしてくれた。ほら、これ」

カットは封筒をあけて、大きな写真を二枚取り出した。一枚目には、チケットをくれた知らない男の人が写っている。顔はぼやけているけれど、無精ひげの生えたあご、濃い眉毛、広いおでこに見覚えがあった。まぶしそうに目を細めている。

もう一枚には三人ぶんの胴体が写っていて、真ん中がその男の人だ。着古した革のジャケット、毛深い首もと、黒いTシャツかスウェットシャツ、手巻きたばこをはさんだ指。ジャケットの前をはだけていて、白い文字で書かれた単語の一部が見えた。

ONTLI
ECUR

二行とも、最初と最後はジャケットにかくれて見えなかった。

「ことばさがしだね」カットはつぶやき、ぼくの机の前にすわって紙を一枚とった。「この文字が真ん中にある単語を見つけなくちゃ」カットは文字を書き写してじっと見つめた。

「Iの右の字——わかる？　縦線があって、ちょっと斜めの線が見えるんだけど——Nかな？」

　ぼくは大文字のアルファベットをいろいろ頭に浮かべた。「Mかもしれない」

「そうかもね——でも、なんとなくNのような気がする」カットは鉛筆で机を叩いた。ぶつぶつ言いつづける。「BONT——CONT——DONT——EONT……」そして〝ZONT〟まで行くと、鉛筆をほうり出した。

「ぜんぜんだめ」

「二行目はどうだろう」ぼくは言った。「RECURRING（繰り返し）じゃないかな？」

それを思いついたのは、三・三の循環小数が好きだからだ。小数点のあとで三が無限に繰り返されるのが好きだ。神さまがつながっているみたいで。

「RECURRING——うん、合うね」カットは紙に書いて、口のなかでつぶやいた。その単語をだまって見ている。「ねえ、テッド。あたしも繰り返してるものがあるんだ」

「それは何？」

「いやな夢。毎晩繰り返し見る。サリムが……いなくなってから」

「どんな夢なの？」

カットは目を閉じた。「最初は安置所にいるの。男の子がひとり安置台に寝かされてるんだけど、こわくて顔が見られない。そのあと、いきなりロンドン・アイのカプセルのなかにいてね。すごく速くまわってる——ほんとうよりずっと速くよ。どんどん加速していく。外を見ても、何も見えない。霧が深くて、まわりは真っ白。するとロンドン・アイが止まる。いちばんてっぺんで止まるんだ。そしてガラスが……」

「どうなるの？」

「ガラスが溶ける。そして、あたしは落ちていく――白いスポークのあいだを。あやとりの糸みたいななかを。霧が深くて……どこへ落ちるかわかんなくて……」カットはのどを手で押さえた。

「ただの夢だよ、カット」

カットは身震いをした。「うん、わかってる」紙に書いた文字を見てため息をつく。「RECURRINGだとしたら、最後のRINGが右に寄りすぎだね。Gがわきの下へ行っちゃう」鉛筆で指の関節をトントンと叩いた。「なんでみんな単語を書いた服を着るんだろうね」

「わからない。変だよね。標識とか広告看板みたいな服を着て歩きまわるなんて」

「あたしの好きなスタイルじゃないんだ。おもしろTシャツみたいなやつは特に。〝FRAGILE GOODS：HANDLE WITH CARE（壊れ物 取り扱い注意）〟みたいなやつ」カットは笑顔になった。「この前それを着てた女の人ってのが、もう、こんなでっかい……」カットは両腕をいっぱいに伸ばして胸の前に輪を作った。

「んんん」ぼくは言った。

「信じられない。だけど、これはそういうおもしろTシャツじゃなさそうだね。二語しかないし」

「大学の名前が書いてあるやつ、持っているよね」

「あんたもね――でも、これはたぶんちがうな」カットは言った。「それだったら校章か何かがはいってると思う。大学名のほかにマークや標語があるはずだし」

「大学名だとしても、手がかりになると思う?」

「どういう意味?」

「そんなスウェットシャツ、どこでも買えるよ。だれでも買える。ぼくのクラスに〝オックスフォード大学〟って書いてあるシャツを着ている子がいるけれど、まだオックスフォードにかようような歳じゃない」

カットは両手で頭をかかえて、悲しそうな声で言った。「時間の無駄だね」

「だけど、学校に迎えにきたお母さんで〝GARDENS FOR THE DISABLED（障碍者《しょうがいしゃ》のための庭園）〟って書いてあるTシャツの人がいた。大きなヒナギクの花の絵のまわりを文字が囲んでいるんだ。そのお母さんが働いている慈善団体の名前なんだよ」

「なるほどね」カットは顔をあげた。「ONTLI ECUR」小声で言う。「会社の名前かな――クラブか何か? 所属してるどこか? あの人につながるヒントになる?」カットはぼやけた胴体の白くかすんだ文字を見つめた。そしていきなり、びっくり箱のように跳びあがった。

「SECURITYよ!」カットは叫んだ。

「えっ、何?」

「ふたつ目の単語。ばかね。セキュリティだよ！」

ぼくの頭が傾いた。

「警備会社で働いてるんだよ」

「セキュリティか」ぼくは賛成した。感心したけれど、カットより先に見つけられなかったことにがっかりもした。「じゃあ、最初のことばはなんだろう？」

カットはまたすわった。むずかしい顔で集中している。「ONTLI……ONTLI……」

呪文のようにつぶやいている。

「ねえ、カット」ぼくは言った。「よくわからないことがあるんだ。写真のことだけど」

「しーっ、だまって」カットは呪文をつづけた。

「どうして字が逆向きにならないのかな」

「えっ？」

「ほら、写真を撮っても、鏡みたいに文字の後ろと前が逆にならないじゃないか」

カットは答えなかった。「ONTLI……ONTLI……」急に呪文をやめた。「いまなんて言った？」

「どうして――字は逆向きにならないのかって――」

ぼくはだまった。カットはぼくをじっと見ている。目を大きく見開き、口をぽかんとあけている。

「ごめん、ごめん、カット、じゃましてしまって……」

「ううん、そうじゃなくて――」けれど、カットが言いかけたことは、下の階からひびいた耳をつんざくような悲鳴でかき消された。

# 23　大惨事《カタストロフィ》

悲鳴はキッチンから聞こえた。カットは息を飲んで、ぼくの腕をぎゅっとつかんだ。そして部屋を飛び出すと、足音を立てて階段を駆けおりた。ぼくも全速力であとを追った。だれかが殺されたんじゃないかと思った。テレビの古い探偵物で、お盆を持ったメイドが死体を発見し、お盆を落として金切り声をあげたときみたいな声だったからだ。グロリアおばさんがサリムの死体を地下室で発見する場面が目に浮かび、いやな感じがのどもとをあがってきた。

カットはキッチンの入口で立ち止まった。ぼくはカットの肩越しに何が起こったのかを見ようとした。ママとグロリアおばさんとラシッドがテーブルのまわりに立って、おばさんの携帯電話を見つめていた。

「どうしたの？」カットがきいた。

だれも返事をしない。〝だるまさんがころんだ〟をやっているところに出くわしたみたいだった。カットはテーブルに歩み寄って、携帯電話に手を伸ばそうとした。

「さわらないで！」グロリアおばさんが小さな声で言った。

カットは手を止めた。「なんで？」

ママがカットの手を押しもどした。「よけいなことはやめて。グローが取り乱してるのがわからないの？」

ラシッドが手のひらを上に向けて、そのままあげた。「さあ、さあ、すわって、落ち着こう。何があったのか話してくれ」

ぼく以外はみんなラシッドの言うとおりにした（椅子は四つしかなかった）。ぼくはママの横に立った。

「グロリア」ラシッドがやさしく言って、おばさんの手をとり、猫をなでるようになでた。「いったいどうしたんだ」

グロリアおばさんは息を吸って、話しはじめた。「どこへ行くにも携帯電話は肌身離さず持ってた。いつも見えるところに置いてた。枕の横、ポケットのなか、手のなか。ずっとそうしてた。サリムがいつかけてくるかわからないから。それなのに――たったいま――ああ、なんてこと！」ほおの涙をぬぐった。「たったの二分だけ、ここに、テーブルに置いたまま、居間へ行ったの。固定電話で航空会社に連絡するために。航空会社にかけなきゃいけなかったのよ。だって、ほんとうなら」――おばさんは首を左右に振って、くちびるを噛みしめた――「ほんとうなら、きょう大西洋の上を飛んでたはずなのよ、サリムといっしょに。だから、飛行機にのれない事情を説明したの。電話に出た女の人はとっても親切だった」

くちびるがゆがみ、鼻が反対のほうへゆがみ、両目がくっついた。おばさんは泣いていた。

だれかに親切にされたのに、どうして泣いているのか、ぼくにはわからなかったけれど、とにかく泣いていた。「予約はこのままにしておきますって言ってくれた。もしサリムが……見つかったら、ニューヨーク行きのいちばん早いフライトにのれるようにしてくれるってね。だから、お礼を言って電話を切った。受話器を置いて、ここへもどった。そしたら、鳴ってたの。携帯電話が。テーブルの上で、ずっと鳴ってた。鳴ってたのに、だれもここにいなくて、だれも気づかなかった。電話をとって、出たとたんに――切れちゃって……」

「だれがかけてきたか、わからないじゃないか」ラシッドが言った。

グロリアおばさんは首を振って電話を手にとり、画面をみんなに見せた。最後の発信者名が表示されている。

サリム。

「あたしに連絡をとろうとしてたのよ……もちろん、すぐにかけなおしたけど、だれも出なかった。電源がまた切れてた。だれも出ないの。ああ、サリム。電話をくれたのに。とってあげられなかった」

最後のほうは涙声になり、どんどん大きくなっていった。

「おおおう、おおおう」おばさんは哺乳びんを落とした赤ちゃんのように大声で泣いた。

**バイキング、北ウトシラ、南ウトシラ、フォーティーズ各海域、強風六から八、やや弱まって五、荒れ模様。**ぼくは頭のなかでつぶやいた。

「ああ、グロー」ママはおばさんのひじを支えて裏庭へ連れ出した。ママがたばこの箱とライターをおばさんに渡すのが見えたけれど、ママは看護師で、看護師はたばこが健康にどれほど悪いかを知りつくしているのだから、すごく変なことだった。グロリアおばさんにはお茶を一杯飲ませたほうがいい。ぼくが持っている応急処置の本には、気持ちを落ち着かせるにはあたたかい飲み物をとるのがいいと書いてある。

ラシッドはキッチンのテーブルに突っ伏した。頭を両手でかかえて、マスコミに話す内容をつぶやいている。そして、ラシッドも庭へ出ていった。

カットはぼくを見た。「テッド、大変なことになってきたね」

「大変だ」ぼくはうなずいた。

カットが立ちあがって、テーブルのまわりを三周歩いたから、ぼくはめまいがしてきた。カットは考え事をしている。カットは考えているときに動きまわるけれど、ぼくはそういうときには動かない。頭を傾けるだけだ。ぼくはカットのやり方が好きじゃない。ポニーテールが左右にゆれ、くちびるはきつく結ばれていて、口は動いているけれど音は聞こえない。カットはいきなり居間へ駆けこんだ。ぼくはあとを追った。カットは棚からアルファベット順の電話帳をとり、眉を寄せながらめくっている。そして、あるページまで行くと、うなずいた。そのページを切りとって折りたたむ。

「テッド、出かけてくる。いますぐに」

「でも……」

「あんたには、またうそをついてもらうことになる。あたしがティフの家へ行ったと言って」ティファニーはカットの学校でいちばんの親友だ。

「でも、ティファニーの家に行くんじゃないんだよね」

「行かない」

「んんん」

「頭をそんなふうにぶるぶる動かさないで！　ママから尋ねられたら、ティフの家へちょっと行ってると言えばいいだけなんだから。わかった？」

「ティフの家へ行っている」

「夕方まで」

「夕方まで」

「そんな棒読みじゃだめ。ほんとうのことみたいに言うのよ、テッド」

「だって、ほんとうのことじゃないよ、カット。うそはうそだ」

カットは自分のおでこをぴしゃりと叩いた。「なんでこんな弟なんだろう。どうして？　役に立たないやつっ」

「ほんとうはどこへ行くの？」

「言ったらみんなに話しちゃうでしょ」

「話さないよ。尋ねられなければ」

「尋ねられるに決まってるでしょ。ぐずぐずしてられない。たしかめなくちゃいけないことがあるんだから」

「だめだよ」ぼくは言った。「カット、だめだ」

カットは玄関でジャケットを着ていた。

「だめだって」

カットは二階へ駆けあがって、ヒョウ柄のリュックサックをとってきた。ぼくはあとを追った。カットは、知らない顔の男の人の写真を引き伸ばしたものと電話帳のページをリュックサックに入れ、すぐに階段を駆けおりた。

「だめだよ」ぼくはあとを追いかけて言った。手がぶるぶる震える。「カット、だめだ」

「なるべく早く帰るから」

「カット！」

カットは玄関のドアをあけた。

「カット！」ぼくはジャケットの袖をつかんだ。「ぼくも連れていって。お願い」

「あっちへ行って、テッド」カットはぼくの手を叩こうとした。

「んんん」ぼくはうなった。手は離さなかった。

「離して、テッド」カットはドアのあいだからぼくを強く押しのけた。「悪いけど、あんたは考えるのはすごく得意だけど、行動するのは苦手よ。ついてきても役に立たない」

ドアがぼくの目の前で乱暴に閉まった。カットの影が通りを走っていくのが見える。ぼくは玄関のカーペットにすわりこんだ。溶けたマグマがおなかのなかで渦巻いているような気分だ。片足が壁のすそ板を蹴り、手はぶるぶると震え、頭のなかではいやな感じがぐるぐると渦を巻いている。大惨事《カタストロフィ》。大洪水《カタクリズム》。立てつづけの大災害《カタログ》。ハリケーン・カトリーナ。カットは最低最悪、最悪最低。

# 24　ビンゴ！

　ママやみんなに気づかれる前に、ぼくは二階へあがった。何も説明したくない。ティファニーのことで、うそをつくのもいやだ。でも、まず電話帳はとってきた。どのページをカットが切りとったのかを知りたかった。

　簡単に聞こえるかもしれないけれど、そうでもない。ロンドンの企業電話帳は九百八十九ページもある。ページはうすくて柔らかい。一ページ抜けたとしても、そこがひとりでに開くことはない。上のほうにあるページ番号が飛んでいるところが見つかるまで、一ページずつ見ていくしかない。

〝00ファイナンス〟のように、頭に数字がついている会社から見ていった。Aではじまる会社が六ページから、Bではじまる会社が七十五ページからだ。〝アイ（Eye）・オブ・ザ・ニードル・ソフトウェア・ソリューションズ〟のページまで来たときには、目が針《ニードル》みたいに細く険しくなり、指も汚れてきた。ページをめくっていると、指の腹を脱脂綿でこすられているようだった。首を汗が伝う。朝の涼しい風はやみ、気温がどんどんあがっていく。一階から警察の人が来た音が聞こえた。

Fではじまる会社のページまで来た。〝ファミリー〟から〝ファッション〟のあたりで、ぼくは逆から見ていくことを考えた。つまり、Zからさかのぼるんだ。でも、カットは前からながめていったし、最初のほうのページを見ていた気がした。そのとき、鏡のことを思い出した。戸棚の鏡の前で、ぼくは電話帳を手に持って、カットがやっていたようにさがしていった。鏡に映った像は逆向きに、後ろから前になる……**どう見るかによってちがう**……。写真ではなぜ文字の後ろと前が逆にならないのかと尋ねたとき、カットはぼくをじっと見ていた。

後ろ《バック》と前《フロント》。

ぼくは電話帳を落とした。

ONT――FRONT。

前線《フロント》なら、ぼくの好きな気象用語だ。どうしてもっと早く気づかなかったんだろう。

ぼくは、〝ファッション〟、〝フェルト〟、〝フィッシャー〟、〝フラワー〟、〝フォーチュン〟のページを飛ばしながら見ていった。思ったとおり、三百三十三と三百三十四ページが抜けている。〝Frocks Galores〟と〝Futon Futura〟のあいだの項目だ。

あとは簡単だった。

ONTLI　　ECUR
FRONTLINE　SECURITY
（フロントライン・セキュリティ）

パパが週末にクロスワードパズルを完成させたときにいつも口にすることばを、ぼくは大声で言った。
ビンゴ。

## 25　テレビの撮影班

ぼくは下へおりた。カットにわかったことが自分にもわかって、うれしかった。でも、もう少し考えなきゃならない。つぎに何をすればいいだろうか。キッチンには警察がいた。ドアがあいているから、ぼくはまた盗み聞きをして、ピアース警部の声を聞いた。「電話ならだれでもかけられます。サリムとはかぎらない。何者かが携帯電話を見つけたか、借りたのかもしれません」

ほかの警察の人の声もする。「携帯電話は、ロックがかかっていないと勝手に発信してしまうことがあります」

特に興味はないし、いまは大人たちの注意がこちらに向けられていないから、行動を起こすのにはいいと思った。

ぼくは居間に忍びこみ、電話の受話器をとった。電話番号案内にかければ番号を調べることができる、とママから教わったことがある。案内の六桁の番号は覚えている。そこへかけると、男の人が出た。「ロンドンです」

「フロントライン・セキュリティの番号をお願いします」ぼくは言った。

自動音声に切り換わり、十一桁の番号が流れた。ぼくはそれを暗記した。

電話を切り、こんどはいま聞いた番号にかけた。

音楽が流れて、録音されたメッセージが流れた。

**「こちらはフロントライン・セキュリティ、ロンドンでナンバーワンの警備会社です。会場整理、チケット回収、所持品検査、警備のことならおまかせください。無線機を持ったスタッフを派遣いたします。パーティー、花火大会、ライブコンサート、展示会をご計画の折には、どうぞご相談ください。フロントライン・セキュリティは完璧な警備を提供いたします。オペレーターにおつなぎするまで、少々お待ちください」**

また音楽が流れた。受話器を持っていないほうの手がひらひら動く。ラシッドがはいってきたとき、ぼくはまだオペレーターの人が出るのを待っていた。電話を切ろうかと迷ったけれど、ラシッドはぼくに笑いかけただけで何も言わなかった。そして、ひじ掛け椅子の背にかけてあった上着をとり、部屋を出ていった。ぼくはまだ待っていた。録音されたメッセージがまた流れ、それからもう一度流れた。四回目が半分ぐらい流れたところで、カチッと音がして、本物の女の人の声になった。「お待たせしました、フロントライン・セキュリティです。ご用件をどうぞ」

「んんん」ぼくは言った。

「もしもし?」女の人がまた言った。

ぼくはどう言えばいいのかわからなかった。

「もしもし？」

ぼくの頭のなかは熱帯低気圧の渦のようにぐるぐるまわった。

「もしもし？　どちらさまですか？　こちらはフロントライン・セキュリティです」

ぼくは電話を切った。

そのとき、外で大型トラックが停まる音が聞こえた。ドアを乱暴に閉める音と大きな話し声がひびき、玄関のベルが鳴った。ぼくは窓の外を見た。テレビの撮影班が来ている。グロリアおばさんとラシッドがマスコミを呼ぶことに決めたんだ。

何分かのうちに、ケーブルやカメラや照明スタンドやマイクを運ぶジーンズとスニーカーの人たちでいっぱいになった。居間はひどい混雑だ。パパがママに仕事はどうだったかと尋ねると、ママは病棟がピカデリー広場並みだったと答えることがある。ぼくはそれを聞くと、点滅するライトや人間がぶつかり合ったり、薬をのせたカートがすごい速さで走りまわったりしているところを想像するけれど、ちょうどいま、うちの居間がそんな感じだった。電話のそばに立っているぼくにはだれも目もくれなかった。ピアース警部は携帯電話で話している。グロリアおばさんは化粧バッグをさがしている。ママは、カメラマンがソファーの後ろのコンセントにプラグを差しこむのを手伝っている。顔をあげて、ぼくを見た。

「テッド。そこにいたのね。カットはどこ？」

口を開いたけれど、何もことばが出てこなかった。そのとき、カメラマンが「奥さん、プラグをお願いします」と言ったので、ママの注意はそちらに向けられた。数秒後、やせて不機嫌そうな顔をした男の人が「さあ、行こう」と言った。言われた人はどこへも行かずに「ライトよし。カメラよし。アクション！　テイク・ワン」と言った。

グロリアおばさんはソファーにすわっていて、ラシッドがその隣にいた。おばさんは明るいオレンジ色の口紅を塗っているので、ふだんより顔が白く感じられ、まつ毛と眉毛のあいだの皮膚が青あざのように見えた。

「お願いがあります」おばさんは話しはじめた。大きく息をして、ラシッドの手を握る。「聞いてください。もしあなたがサリムを拘束しているのなら――あるいは、わたくしの息子の行方を知っているなら――あるいは、どこかで見かけた気がするなら、どうか、どうか名乗り出てください。息子を取りもどせるなら、わたくしたちはなんでもします。わたくしたちの息子です。どうか無事だと知らせてください。どうか教えてください……サリムが生きていると」顔がゆがんだ。「心配で心配で、しかたがありません。どうか警察に連絡をください。よろしくお願いします」

「カット」やせた男がカメラマンに言った。「とてもよかったですよ、お母さん」とグロリアおばさんに言う。

「もう一度やりましょうか」グロリアおばさんはきいた。「撮りなおさなくていいですか」

「いえ、だいじょうぶです」

「ほんとうに？」

「一回でうまく撮れました。とても自然でしたよ」

何分かのうちに、テレビの撮影班は荷物をまとめて帰っていった。ママとラシッドがトラックまで見送り、警察も同じときに帰った。つまり、ぼくは部屋でグロリアおばさんとふたりきりになったということだ。おばさんはソファーにすわって、宙を見つめていた。

「ああ、テッド」しばらく沈黙があったあと、おばさんは言った。ぼくをまっすぐに見つめていたけれど、その表情の意味はわからなかった。何か怒ったようなことを言うのかと思ったら、そうではなく、おばさんは首を左右に振って目をうるませた。「ちゃんとやれたかしら」か細い声で言った。

「だいじょうぶだよ、グロリアおばさん」ぼくは言った。

「だれかが聞いて、力になってくれると思う？」

「可能性はあるよ」

「あなたはどう思うの、テッド。サリムは無事だと思う？」

「んんん」

「それ、どういう意味？」おばさんの顔は小氷河期になった。

「考えていただけだよ」

氷河は溶けた。おばさんは深く息をつき、手を伸ばしてぼくの頭にのせた。ママと同じやり方で頭をなでる。ぼくは体をよじらせた。おばさんは気づかなかった。

「ねえ、テッド、あたし、ほんとに胸が悪くなりそう」

ぼくは困ってしまい、おばさんの胸のあたりを見つめた。

「少なくとも、あんたは正直よね。みんなはあたしに、サリムはだいじょうぶ、ぜったい元気にしてる、すぐに解決する、もうすぐもどってくるって言うんだもの。時間はどんどん過ぎていくのに、サリムはもどらない。みんな口先だけよ。だれも何もわかってないのに」

「グロリアおばさん」ぼくは言った。「サリムはどこかにいるはずだよ。不思議な事件だけど、ぼくは解明するつもりなんだ。この頭のなかで」

「あんたの頭ね」グロリアおばさんはそうつぶやいて、ぼくにほほえんだけれど、その表情は、ぼくがいつかママと奇跡の治療薬について話していて、一生懸命にお祈りすればぼくの症候群に効くものが手にはいるのかと尋ねたときのママの表情と似ていた。そのときのママと同じように、グロリアおばさんのくちびるの両端は上を向いたけれど、それと同時に涙がほおを流れた。おばさんはぼくの手をとって、指の関節をなでた。おかしな感じがしたから、ぼくの反対の手がひらひら動いた。「あたしたち全員を合わせたよりも、あんたの頭のほうがすごいって思うことがあるのよ、テッド。もし考えるだけでサリムが帰ってくるとしたら、それができるのはテッド、あんたしかいない」

それからグロリアおばさんはソファーから立ちあがり、自分が寝ている二階のカットの部屋へ行った。

ぼくはママと出くわしたくなかった。またカットのことをきかれて、ティファニーのことでうそをつくのがいやだったからだ。そこで、大好きなふたつのこと、考えることと天気を観察することをしたいときにいつも行く場所へ行った。裏庭だ。

シャツが洗濯ロープではためいていた。三日間干したままだ。ママは取りこむのを忘れている。ぼくはシャツにさわった。その朝降った少しの雨で湿っている。ぼくは歩数をかぞえながら芝生を歩いた。横が十二歩半、縦が七歩。先週と同じだ。背がもっと高くなって、足も長くなったら、歩数は少なくなると気づいた。これも、どう見るかによって物事が変わる例だ。ぼくはまた考えた。北半球にいるか南半球にいるかで、排水口へ流れこむ水のまわり方がちがう。ロンドン・アイが回転する方向は、川のどちら側から見るかでちがう。線虫がオスなのかメスなのか、衛星が静止しているか動いているかもそうだ。頭のなかで何かがひらめいた。何かの法則がありそうだ。同じように見えているふたつのもの。別のものに見えていて、ほんとうはちがうもの。ぼくは右の前腕をつねって、その法則を突き止めようとしたけれど、だめだった。それがなんだかわからないうちに、形にできないまま消えてしまった。

ぼくは空を見あげた。真っ白なうすい層雲が南東の空に浮かんでいた。けれども、北東にある町の中心部には積雲ができかけている。蒸気が集まるのをながめながら、中心の空気の通り道のまわりで水の粒子が渦になり、それが大きく柱に変わっていく様子を思い浮かべた。雨が降るかもしれないし、降らないかもしれない。雲がこちらに向かって建物の上を動いている。その大きな球形の雲は、上昇気流によって質量が加わり、ふくらんでいた。

ぼくはここにいないカットのことを考えた。発達する積雲のもと、この町のどこかで、ぼくたちにチケットを渡した知らない男の人をさがしている。ぼくがどうしたらいいかがわかった。

だれにも見られないように、ぼくはパパたちの寝室へ行った。電話の受話器をとって、もう一度フロントライン・セキュリティにかける。

「フロントライン・セキュリティです」音楽と録音メッセージのあと、さっきと同じ女の人が出た。


「もしもし」ぼくは言った。

「はい、ご用件をどうぞ」

「んんん」

「はい？　もう一度お願いします」

「あの」ぼくは言った。

「きみ、まだ子供じゃないの？」

「十二歳です」

「えっと、あたし、ただのアルバイトなんだけど」

沈黙があった。ぼくはがんばって考えた。

「まちがい電話じゃないのよね？」

「はい」

「だれと話したいの？」

「男の人です」

「男の人？」

「あごに無精ひげが生えてる人」

女の人は大声で笑った。「それならクリスティね。うちでちゃんとひげを剃《そ》っていないのはひとりだけだから。きょう、彼のことをきいてきたのは、あなたがふたり目よ。さっきの子に言ったことを、あなたにも言う。きょう、クリスティはここにいない」

「ここにいない」

「きょういるのはあたしだけなの」

「へえ」

「つまり、電話の警備をしてるってわけ」また大声で笑っている。何がおもしろいのかはわからなかったけれど、シェパード先生の言いつけを守って、ぼくも笑った。

「ひとり目は女の子で、お兄さんの友達をさがしてると言ってた。写真はあるんだけど、名前がわからないんだって。ぜんそく用の吸入器を忘れていったから、ぜったいに見つけたいんだって。こんどはきみが、あごに無精ひげが生えた男をさがしてる。うん、かまわないんじゃないかな。さっきあの女の子に教えたことを教えてあげる。あたしには痛くもかゆくもないから」

ぼくはその女の人のどこかに大きなおできができているところを想像した。

「クリスティはほかの連中といっしょにいる。今週はみんな同じ仕事なの。アールズ・コートでやってるモーターサイクル・ショーよ」

「アールズ・コート？」

「大きな展示会場があるのよ。クリスティに会っても、あたしから聞いたって言わないでね」

「はい」ぼくは言った。電話はもう切れていた。

生まれてから十二年と百八十八日（つまり、うるう年が三回あったから、そのぶんを忘れずに加えて、四千五百七十一日）のあいだ、ぼくは一度もうそをつかないで生きてきた。そして、四千五百七十二日目にふたつもうそをつくことになる。最初のうそは、なくしてもいないのに方位磁石がなくなったと言ったこと。ふたつ目は、メモに書いて電話の横に置いた。

ママへ
ぼくたち、プールへ行って少し運動してきます。テッド

つぎに、五歳のときから大切なものを入れている引き出しから、一ポンド硬貨を十五枚出した。階段の上の端に立って耳を澄ます。ママとラシッドはまたキッチンにいた。ふたりは小さな声で話している。家のなかは静かだ。

ぼくはそっと階段をおりた。玄関へ向かう。ドアをあけ、太陽の光のなかへ出て、立ち止まった。こんなことをしていいのだろうか。メモを読んだママがうそだと思ったらどうしよう。アールズ・コート・エキシビション・センターでカットを見つけられなかったらどうしよう。アールズ・コートにたどり着けなかったらどうしよう。近くの地下鉄の駅までも行け

なかったらどうしよう。

でも、大惨事《カタストロフィ》、大洪水《カタクリズム》、立てつづけ《カタログ》の大災害の最低最悪カットに負けるわけにはいかない。大変なときだからこそだ。ぼくはドアを少しずつ閉めた。〝切手ぐらいの広さ〟の庭を通って外へ向かう。門を閉めると、ぼくは歩道へ踏み出し、まっすぐ歩きはじめた。

# 26　コリオリの力

　ぼくは歩きながら、物事を予測するのがどんなにむずかしいかを考えた。中でも、天気を予測するのは特にむずかしい。ハリケーンが大きな海のどこを横切っているのかはわかるけれど、正確な道筋や、いつどこへ上陸するかまではわからない。道筋を変える要因があまりにもたくさんあるからだ。たとえば、コリオリの力とか。

　コリオリの力はとてもおもしろい。見えないし、さわれないけれど、それはたしかにある。コリオリの力は物が進む方向を変える。それはこの世界にある大きな力で、こんなふうに働く。

　だれもが知っているとおり、地球は自転している。赤道の上に立っている人は、二十四時間に四万キロ移動する。時速千六百七十キロで動いているのに、その人は自分では静止している気分だ。そのとき、気づかずに動く速さを接線速度と言う。だけど、北極点に立っている人はまったく移動しない。その場でまわるだけだから、接線速度はゼロだ。

　コリオリの力は、このふたつの接線速度のちがいのせいで生まれる。赤道から北極点に向かって何かを投げると、まっすぐではなく、少し曲がって進む。接線速度のちがいが向きを変えたり曲げたりするわけだ。ミサイルは少し右に着地する。でも、赤道から南へ向けてミサイルを発射したら、右じゃなくて、左にずれて落ちる。北半球では右、南半球では左。水栓の穴を流れ落ちる水が逆まわりの渦を作るのと同じだ。

家から歩きながら、ぼくはコリオリの力について考えた。消えたサリムのことを考えた。サリムのいる場所を言いあてるのは、コリオリの力のことを知らずに天気を言いあてるのと似ているかもしれない。サリムの進む道筋をどんな力が変えたのかは見当もつかない。でも、何かがたしかに変えたんだ。

ぼくは、ねじれやひずみ、つむじ風や天気について考えた。北と南、オスとメス、満杯と空っぽ、時計まわりと反時計まわりについても考えた。ぼくは角で立ち止まった。まちがった方角に来てしまったのに気づいて、自分がどこにいるのかわからなくなった。

ぼくには少し道順障碍《しょうがい》の傾向がある。どちらが左でどちらが右か、わからなくなる。手が震えはじめたけれど、空を見あげて、さっき見た積雲に気がつくと、震えは止まった。積雲は発達して積乱雲になっていた。ロンドンの高層建築群の向こうの泣きだしそうな空から伸びている。雷をともなう雨か雹《ひょう》が近づいているらしい。ぼくは来た方向へ引き返し、家の前を通り過ぎて、雲に向かって歩いた。なんとなく、それが正しい気がした。思ったとおり、すぐに表通りに出られて、地下鉄の駅が見えた。

道順障碍があるから、ぼくは地図が読めない。上向きに見ればいいのか、下向きに見ればいいのかわからない。ひとつだけ読むことができるのは、ロンドンの地下鉄路線図だ。路線図は図式化されたものだから、駅と駅との間隔は重要じゃなくて、駅の並び方と路線が交差する位置だけが重要なんだ。路線図を引き伸ばしていろいろな形に変えても、交差する場所が変わらなければ同じものだ。

ぼくは地下鉄の路線図の前にずいぶん長く立っていた。

やっとアールズ・コートが見つかった。緑の路線と青の路線が通っている。

つまり、黒の路線でエンバンクメントまで行って緑に乗り換えるか、黒の路線でレスター・スクエアまで行って青に乗り換えるかだ。エンバンクメント経由のほうが近いとぼくは判断した。

トラベルカードを買ってプラットホームにおりた。

手が震えないように上着のポケットに入れる。

チャリング・クロス経由でハイ・バーネットへ行く電車が来る、と表示されていた。トンネルから音がとどろいて、電車が駅にはいってくる。まるで銀色の溶岩が火山から流れ落ちてきたようだ。ドアが開いた。ぼくは乗りこんで、座席にすわった。

車内の席は半分埋まっていた。半分空いていたとも言える。どう見るかによってちがう。

向かいのガラス窓には落書きが彫りこまれている。NO WAY(ありえない)。文字の全部の線と平行に、白い線が剃刀《かみそり》で刻んであった。だれかが気の向くままにやった悪いことだ。ドクター・デスが患者を殺したのと同じように。

いやな感じが食道にわき起こった。

地下鉄にのるときは、たいていママやカットと、たまにパパもいっしょだ。ぼくはつぎの駅が何かをみんなに教えるのが好きだ。そうすれば、地図をちゃんと読めるのがわかってもらえる。あと何駅でおりるかも教える。でも、いまはみんながいない。だから、頭のなかで駅をかぞえて、駅名を言った。そうすれば、おりる駅を忘れずにすむ。

ウォータールーとエンバンクメントのあいだでは、列車がテムズ川の下を通る。駅のあいだが長い。車内には、自動車保険の広告に見入っている男の人がいた。落書きの下にすわって、眉をひそめている。おでこにしわが寄って、くちびるがぴったり閉じているから、つまり怒っている。ほおには絆創膏《ばんそうこう》が貼ってある。

シャーロック・ホームズがワトソンの思考の流れを解き明かして驚かせたことを、ぼくは思い出した（思考の流れ《トレイン》というのは、いろいろな考えがつながっていることを表すのにぴったりだ。鉄道《トレイン》の客車が連結器で接続されているのと似ているから）。ホームズはワトソンの表情や視線の先を観察して、相手の思考の流れを解明した。

向かいにいる男の人の思考の流れは、自分が起こした交通事故に向かっている、とぼくは推測した。だからほおを怪我しているし、自動車保険の広告を見て怒った顔をしているのは、自分が保険に加入していなかったからだ。

ぼくはこの推測に満足していたから、電車が止まったときにあやうくおり忘れるところだった。

女の人の声で**「エンバンクメント駅です。おおりになる際は車両とプラットホームのあい**

だの隙間にお気をつけください」とアナウンスがあった。ぼくは手をひらひらさせながら跳んで、ドアが閉まる直前におりた。もう少しで隙間に落ちるところだったけれど、平気だった。

ぼくは西方面へ向かう緑の路線の標識をたどった。イーリング・ブロードウェイ行きと前面に表示された電車にのった。おりるのは七駅目だ。さっきの路線より地表に近いところを走っているから、まわりが明るい。日光がちらちらと見えた。湿ったにおいもわかる。ほかの乗客が何を考えているかを解き明かそうとするのはやめて、停車駅の順番に集中し、アールズ・コートでおりた。

天気が変わっていた。駅の波形の屋根に雹があたっている。雹というのは、空から降ってくる大きさのばらばらな氷の塊で、積乱雲のなかで発生する。つまり、さっき発達中なのが見えた雲の真下にいるということだ。音から判断すると、その氷の塊は幅十ミリから十五ミリだろう。ぼくは改札を抜けてチケット売り場に立ち、たくさんある出口の標識を見やった。

駅員の人がひとりやってきた。「きみ、迷ってるのかな」

ぼくは答えていいのかどうか考えた。知らない人と話してはいけないのは当然だ。ロンドン・アイで知らない人と話したからこそ、ぼくたちはこんな騒動に巻きこまれた。でも、この人はロンドンの地下鉄の制服を着ている。つまり、迷った乗客を案内するのが仕事なんだ。

「はい」ぼくは言った。

「どこへ行くのかな」

「アールズ・コートです」

「ここがアールズ・コートの駅だよ。さがしてるのはエキシビション・センター?」

「エキシビション・センターです」ぼくはうなずいた。

「あの階段をのぼって。まっすぐ行って地下鉄の出口から出たら、すぐ向かいにある。大きいからすぐにわかるよ」一度も左とか右とか言わず、ただ方向を指さしただけだった。

きっとこの人も道順障碍なんだ。

「雹に気をつけて」後ろから声をかけてきた。

たぶん気象にも興味があるんだろう。

ぼくは駅の階段をのぼりながら少し右にそれた。自分が赤道から北半球に向かって発射されたミサイルだと想像したからだ。となると、ぼくがそれた距離はコリオリの力によるひずみと等しいことになる。そう考えてぼくは気分がよくなった。

# 27　バイク天国

直径が平均十二ミリの雹が降るなか、混み合った道を渡ったところに大きな建物がそびえ立っていて、〝モーターサイクル&スクーター・ショー〟の横断幕が張られていた。雹はしだいに弱まり、道を渡っているぼくの頭と肩にいくつか最後にあたった。正面の入口のなかに、おおぜいの人が集まっている。チケット売り場のわきにその日の来場者数を示したカウンターがあった。きょうは一万九千九百九十七人で、さらに増えつづけている。

こんなにたくさんの人を見たのははじめてだった。ほとんどが男の人で、銀色の鋲《びょう》がついた黒い革の服を着て、黒くてつやつやしたまるいもの――ヘルメット――を頭にかぶるか、わきにかかえるかしている。地球から銀河系の宇宙ステーションへ送りこまれたような気分になった。あれはみんな人間なんだろうか、クローンなんだろうか。笑ったり、言い争ったり、どなったりしている。ぼくの学校の乱暴な子たちみたいだ。いつも何人もで歩きまわっていて、廊下で出くわしたらまわれ右して逃げ出さなきゃならない。この人たちは学校の子たちよりも悪そうだった。でも、ぼくをばかにしたり、わき腹をひじ打ちしたり、ニークと呼んだりはしない。相手にしてくれないんだ。ぼくはチケットの列に並んだ。

そのとき、警備の人たちが目にはいった。入口の柵のところに立って、手荷物を検査したり、空港やロンドン・アイでするように、手に持った爆発物検知器を来場者の体にあてて動かしたりしている。かばんやポケットのなかを調べられている人もいる。ぼくはTシャツに書いてあることばに目を引かれた。カットとぼくは正しかった。

FRONTLINE
SECURITY

あの男の人が着ていたのと同じTシャツで、はじめて全体の文字が見えた。入口にいる警備の人たちの顔をながめまわしたけれど、あの人は見あたらない。ぼくはチケットを買い、それを見せた。警備の人のひとりがぼくの体のまわりで爆発物検知器を振り、前へ進むようにうながした。

ぼくが金属のバー式回転ゲートを通ると、来場者数のカウンターが20054になった。

ぼくは立ち止まった。テッドのTはアルファベットの二十番目、Eは五番目、Dは四番目だ。まるで来場者カウンターがぼくの名前を20、05、4でTEDと登録したみたいだ。たぶん、ぼくにとってラッキーな日なんだろう。たぶん、カットを見つけられる。そして、たぶん、あの男の人も見つけられる。そして、たぶん、それがサリムを見つける手がかりになる。だけど、ひょっとすると——

ひょっとすると、何も見つからないかもしれない。広いホールにはいると、ぼくは目をみはった。エンジンがうなり、タイヤがきしり、すごい映像が流れ、ライトがまたたき、音楽がとどろいている。どこもガソリンとワックスのにおいだらけだ。どのブースにもバイクの名前が表示されている。ホンダ、ヤマハ、スズキ。あるブースには〝バイカー天国へようこそ〟と書いてあった。〝バイカー地獄〟のほうがぴったりだ。

メタリック塗装、黒、鮮やかなブルー。

エンジンの音とドラムビートのひびき。

巨大なスクリーンには、こちらにまっすぐ向かってくるバイクレーサーたちが映っている。空中に吊されて走ることができないバイクにまたがって、黒革のビキニを着た女の人たちが手を振っている。

どこを見ればいいのか、わからなかった。つぎつぎとパンフレットを押しつけられ、スウェットシャツにステッカーを貼られた。女の人が抽選券をくれた。〝参加無料。女性用レザーグッズがあたります〟と書いてある。

何があたるか知らないけれど、ぜんぜんほしくない。ただカットに会いたいだけだった。

ぼくは騒々しいブースのあいだを歩いた。鋲がついた手袋をはめて、首までタトゥーを入れた男の人が、生まれたときからぼくを知っているみたいになれなれしく話しかけてきた。ぼくにはわからないことばかりだ。GSX。ディスクブレーキ。ハーレーのVロッド。VFR。カワサキ。そしてことばを切った。

「トルネードみたいなのが好きなのかな？」男の人はぼくの腕を引いて、頭上にあった、いまにも上陸しようとしている竜巻の絵が描かれたバイクを指さした。

「んんん」ぼくの手がひらひらした。

「そうだよな。最高だよ」男の人は言った。「これ以上のバイクはない、無敵の存在だよ。これこそ……」

ぼくは逃げ出した。

そのとき、スピーカーからアナウンスが流れた。「二号ホールのジャンプ台でフリースタイルジャンプのショーがはじまります。お急ぎください。開始二分前です」人の流れが一方へ向かっていた。別の大きなホールへと、ぼくも人の流れにのって運ばれているのに気づいた。中央に巨大なジャンプ台があった。登山の装備でもなければ、のぼれそうにない。どこへも通じていない道のように、空中で切れている。内燃エンジンが始動するものすごい音がした。ブルルルルというけたたましい回転音が、どんどん高まっていく。そして、ぼくは見た。メタリック塗装の車体をきらめかせて、白いヘルメットがミサイルのように上昇していく。一台のバイクが空中に飛び出そうとしている。そして、ジャンプ台のてっぺんから空中へ投げ出された。そのまま宙をのぼっていく。天井をかすめそうになり、すごい勢いで落ちてくる。

ぼくは目をあけていられなかった。のっている人は地面に叩きつけられて死ぬに決まっている。そんなところは見たくない。

拍手と歓声がわき起こった。ぼくは目をあけた。バイクは何メートルか向こうに着地していた。いやな感じが食道をあがってくる。ぼくは両手で耳をふさいだ。あんなことができるなんて、まともな人間じゃない。その人はバイクをおりて、ヘルメットをはずした。

長いブロンドの巻き毛が流れ出た。男じゃなくて、女の人だった。**男なのか、女なのか、どう見るかによってちがう。**会場じゅうが息を飲み、つぎの瞬間、拍手と歓声がさらに起こって、足を踏み鳴らす音がひびいた。女の人は笑いながら長い髪を振り、革手袋をはめた手を高くあげた。そして、バイクにふたたびまたがって、スタート地点へもどっていった。

また音がひびき、つぎの出場者が現れる。ジャンプ台を駆けあがり、空中へ飛び出す。フリースタイルジャンプ。そしてまた、つぎの出場者。

最後のジャンプが終わったとき、奇跡が起こった。ついにカットが見つかった。ぼくから二、三メートルしか離れていないところで、柵につかまって最前列でジャンパーたちを見あげていた。目も口もぽかんとあいて、まるで三枚の空飛ぶ円盤に見える。

ぼくは近寄って、毛皮の襟《えり》のついたジャケットの袖《そで》を引っ張った。気づかない。もう一度引っ張る。やっとこっちを向いた。カットの目がさらに大きく開いて、吊りあがり、顔がしかめ面になった。そして、ぼくの耳に向かってものすごい大声でどなったから、耳が痛くなった。

「びっくりさせないで、テッド！　いったいここで何やってるの？」

## 28　ついに会う

「カット」ぼくの頭が傾いた。カットの声は鼓膜が破れるぐらいの超音波みたいだったけれど、ぼくはうれしかった。シェパード先生からは、人にあいさつするときはにっこりするように言われているから、ぼくはにっこり笑って言った。「カット」

カットはあたりを見まわした。声を落として尋ねる。「ひとりなの？」

「うん」

「グローおばちゃんも――ママも――だれもいっしょじゃないの？」

「うん」

「みんな、まだ家にいる？」

「うん」

「あたしのこと、ばれてない？」

「うん」

カットはぼくにハグをした。「やるじゃん、弟くん。じゃあ、みんなはあたしたちがどこにいると思ってるの？」

ぼくの手がひらひら動いた。もう片方の手で押さえる。「ティファニーの家じゃないよ、カット。ぼくたちは泳ぎに出かけたことになってる」

カットはぼくを見て、頭をゆすった。車の後ろによく置いてある人形みたいだ。「またうそをついたってわけね、テッド。そのうち、ふつうの子になれそうだね」

ぼくはどうやって地下鉄で来る方法を見つけたかをカットに話した。かくれていた文字をどうやって解読したかも話した。フロントライン・セキュリティに電話をかけてアルバイトの女の人と話したことも話した。

「その人なら会ったよ」カットは言った。「あたし、直接行ったんだ。名前はクローデット。カリスマっていうたばこを吸ってた」

「カットの話をしていたよ。ぼくと同じ男の人をさがしていたって。それにしても、カット……」

「何？」

「あのうそは最高だね」

「どのうそ？」

「ぜんそく用の吸入器のやつ」

「うん。自分でもうまいこと考えたと思ってる。うまくいったよ。あのお姉さん、クリスティって名前と居場所を教えてくれた。それから、自分の彼氏との関係についてもあれこれ話してたよ。仕事は死ぬほど退屈だって。爪にやすりをかけながら、ガムを噛んで、たばこを吸ってたな。それからどうしたと思う？」

「何？」

「あたしにたばこを勧めてきた」

「んんん」

「一本もらったよ」

「んんん」

「んんん、ってのはやめて。ほんとうに吸ったわけじゃない。ちょこっと吹かしただけ。好きなやつじゃなかったし。牛小屋みたいな味だった」

ぼくたちは一号ホールをいっしょに歩きまわった。カットはぼくがいるのを気にしていない。その目はあたりじゅうを見まわしていた。「うわあ、あたしもあんなの、ほしいなあ」カットはバイク用語を口にしはじめた。「ホンダのＶＦＲ……ビューエルのファイアーボルト……モト・グッツィ」つぶやきながら、ぼくをあちこちのブースへ連れまわす。ぼくは話についていけなかった。カットはメタリック塗装を指さし、大型の速いバイクに見とれていた。カットがいるのはバイカー天国で、ぼくがいるのはバイカー地獄だ。なぜあの男の人を追ってきた先がもっと静かな場所じゃなかったんだろう、と思った。花やアンティークの展示会ならよかったのに。科学博物館みたいにほんとうにおもしろい場所なら、もっとよかったのに。

そのとき、ぼくたちはあの男の人を見つけた。

まちがいない。ぼくたちから六メートルのところに立っていて、ジャケットは着ていないけれど、ロンドン・アイで会った日と同じ服で無線機に向かって話している。カットはぼくをブースの陰へ引っ張っていった。

「あの男に見られちゃだめ」カットは声をひそめて言った。ぼくはカットの手を振りほどいた。

「どうして？」

「あたしがひとりでやるんだから」

「でも――」

「つべこべ言わない」

「ぼくも行くよ、カット」

「だめ。これは命令よ」

「命令？」

「そう。あたしのほうが年上だから、命令できるの」

「ぼくのほうが頭がいい。そう言ったよね」

「ふざけないで」

「言ったじゃないか、カット。ぼくの頭脳が必要だって」

カットは小鼻を震わせた。いつもなら、そのあとで火山の大噴火みたいになる。でも、すぐにおさまって、ぼくをしっかりつかまえた。「こっちへ歩いてくる」カットはささやいた。

男の人はぼくたちのすぐ前に来た。

カットが前に出た。「あの、すみません！」

男の人は無線機に向かって話していた。振り向いてカットを見たあと、片手をあげて話をつづけた。

ぼくたちは待った。

「では、以上」男の人は無線機に向かって言うと、カットをまっすぐ見た。「ご用はなんでしょう、お嬢さん。迷子かな」

男の人は笑った。いやな感じの笑い方だ。片方の眉をあげ、首を傾けて、カットを上から下まで見ている。そしてぼくに気づいた。ぼくの手はひらひら動き、頭は傾いた。相手は目を見開いて口を少しあけた。それから後ろを振り返り、片足から反対の足へ重心を移した。一秒後、顔にはまた笑みが浮かんでいた。ナノ秒単位の変化だ。

「迷子かな？」また言った。

カットはほほえみ返した。「ちがいます」

「それはよかった。じゃあ、楽しんで」

「迷子なのはあたしたちじゃない」カットは説明した。「ほかに姿を消した人がいるんです」

「へえ？」

「あなたが力を貸してくれるんじゃないかと思って」

「だれかとはぐれたのなら、案内デスクへ行くといい。アナウンスしてくれるから」

「ここでいなくなったんじゃありません。二日前にロンドン・アイで姿を消したんです」

男の人は肩をすくめた。「それで？」

「ほんとうにいなくなったんです。いま警察が捜査してます。あなたがあたしたちのところに来て、あのチケットをくれたすぐあとのことでした。覚えてますよね？」

男の人はぼくたちをじっと見つめた。その目をぼくは観察した。ほんの少し細くなった。瞳孔が小さくなったように見える。

「ロンドン・アイ……。そうか、それでどこかで会ったことがあるような気がしたのか。顔は忘れないんでね」

「覚えてますか」

「いま思い出したよ。おれは高所恐怖症でさ。ひどいめまいを起こしちまう。あのときチケットをやった子だな。でも、その行方不明の友達のことは知らないな。また会うとは奇遇だね」

ぼくはTシャツの文字のことを言おうとしたけれど、カットがぼくをひじ打ちした。だまってろっていう意味だ。

「はい。奇遇ですね」

「バイクが好きなのか？」

「ええ、最高です」

「今年のショーは最高だよ。これまでいちばんだな。フリースタイルジャンプは見た？」

「はい」

「おもしろかった?」

「すごく」

「二号ホールへもう一度行くといいよ。もうすぐ小型スクーターの講習がはじまる」

「ほんとう?」

「すぐにコーンをまわれるようになるさ」

「うそでしょう?」

「ほんとうだよ。早く行くといい。おれの仲間のジョンってやつがいるから。おれの名前を出せば、いちばんにのせてくれる」

「わあ、ありがとう」

「いいってことよ。友達が見つかることを祈るよ」男の人は無線機を振ってぼくたちに笑いかけ、歩き去った。

「んんん」ぼくは言った。

カットの頭が傾いた。がっかりしている。「ちぇっ」

ぼくたちは通る人たちに押されながら、その男の人がロンドン・アイのときのように人混みのなかへ消えていくのを見守った。

「行き止まりだね」カットは言った。「わかってたことかもしれないけど」

「わかっていたって、何を?」

「どこにもたどり着かないってこと」

「どこにもたどり着かない」

「なんでも繰り返すのはやめて！　さあ、スクーターの講習に行くよ」

カットは二号ホールへぼくを引っ張っていき、ジョンという人を見つけた。カットがヘルメットをかぶってスクーターにのるのをぼくは見ていた。走りだす。ふらついて、道からそれ、また走りだし、くすくす笑う。カットが曲がるたびにぼくの手はひらひら動いた。いまにもほうり出されて首の骨を折りそうに見えたからだ。コーンをまわってスピードをあげる。ぼくはじっと見ていた。やがて目を閉じ、上着のポケットに手を入れた。そして考えた。

サリムがいなくなった。警察がさがしている。

グロリアおばさんが悲しんでいる。ママが怒っている。

カットは泣く。ぼくはうそをつく。

あの男の人……ぼくたちを見たときの表情と目の動き……最初にジャンプした女の人……高所恐怖症と閉所恐怖症……脳がバイクみたいにブルルルとなった。

ぼくは目をあけた。

カットがスクーターをおりた。ヘルメットを返す。目を輝かせながらぼくのところへもどってきた。

「テッド、楽しいよ。やってごらん」

ぼくは首を振った。地下鉄で見た落書きをそのまま口にする。「ＮＯ　ＷＡＹ（ありえない）」

「バイクにのって、コーンをまわってたとき、何がわかったと思う?」

「何?」

「のりながら、考えることができたんだよね」

「考える?」

「そう。バイクにのったら、何も聞こえなくなった。まわりの音が消えたんだ。自分ひとりの世界だった。自分だけの世界。聞こえるのは、自分の考えてることだけ。サリムについてのこと。そのとき気づいたんだよ、テッド」

「何に気づいたの?」

「あいつ、うそをついてる。あのクリスティってやつ。うそをついてる」

ぼくはうなずいた。ぼくも推理した結果、同じ結論に達していた。ぼくたちの気持ちはぴったり合った。つまり、同時に同じことを考えていたんだ。カットとぼくのあいだで、そういうことは珍しい。

「そうだね、カット。あいつはうそをついてる」

たぶん、この日、ぼくもうそつきになったからかもしれない。自分がそうだから、人のこともわかる。あいつが歩き去るとほぼ同時に、うそをついていたとわかった。言ったことももちろんだけど、話をはぐらかすあの態度がおかしかった。ちょっとしたコリオリの力みたいに、ぼくたちの進む道を曲げようとしていた。話が食いちがってもいた。ロンドン・アイで会ったとき、のらないって決めたのは閉所恐怖症、つまり、せまいところがこわいからだと言った。でもさっきは、高所恐怖症、つまり、高いところがこわいからだと言った。「もういっぺん、あいつを見つけなくちゃ」カットが言った。「そして、ほんとうのことを言わせるのよ」

「うん、ほんとうのことを言わせる」

「あんたとあたし、相棒だよね。さあ、行こう、テッド」

# 29 追跡

けれど、クリスティは見つからなかった。ぼくの手があんまり震えるから、上着のなかに突っこんでおくようカットが言った。カットはまた最低最悪のミス・カタストロフィにもどっていて、ぼくたちの気持ちは北極点と南極点に分かれた。ぼくたちは入口にもどった。何人か警備の人がいたけれど、クリスティはいなかった。カットはだれかのかばんを検査している警備の女の人に歩み寄った。

「あの、すみません」

女の人は振り返った。くちびるの両端をさげてきつい口調で言う。「何?」

「クリスティはどこですか?」

「クリスティ? あいつがどうしたの?」

「友達なんです。伝言があって」

「伝言?」

「大切な伝言なんです」

「どんな？」

「プライベートなことです」

「プライベート？」女の人は検査し終わったハンドバッグを持ち主に返した。「ついさっき無線が来たよ。食あたりで早退するってさ。おかげで、あたしとあとふたりだけで仕事をこなさなきゃいけないってわけ。わかる？　だから、あいつのお友達とやらと無駄口を叩いてる暇はないの。わかった？」

「はあ」

「あいつったら、いつもそうよ。ここが痛い、あそこが痛い、歯医者がどうしたとか、おじさんが死んだとか。二度あることは三度ある、降ればかならず土砂降りってやつよ」またくちびるの両端をさげて首を左右に振る。「何しろ、あんな名前だもん。もし駅へ行く途中であいつに追いついたら、あたしからの伝言を頼むよ。仮病はもううんざり。あしたは来なくていいから。おまえ、首を切られたよって」

「首を切られた？」ぼくは斬首刑にされた昔の人を思い浮かべた。

「首切り、お払い箱、お役ご免。まあ、そういうこと」

ぼくとカットは相手の顔をじっと見た。

そのとき、カットはぼくの袖《そで》をつかんだ。「テッド、急いで！」カットは帰る人の群れをかわしながら、ぼくの手を引いて走った。ぼくは三人の足を踏んだけど、みんな分厚いブーツをはいたバイクのりの大男だったから、気づきもしなかった。ぼくたちは外の空気のなかへ出て、光を浴びてぼくは一瞬だけ天気を確認した（高層雲がひろがっているが、日照は多い）。地下鉄の駅の改札まで着くと、クリスティが東方面のプラットホームに向かって歩いているのが見えた。

「あいつだ」カットが金切り声をあげた。「急いで！」

ぼくはポケットからトラベルカードを取り出した。手が震えてカードを落としてしまう。カットが悲鳴をあげた。ぼくはどうにか拾う。改札機はぼくの手からカードを吸いとって、上から吐き出した。

「カードをとって、テッド、カードをとるのよ」

カードをとらなければ改札機のゲートが開かないことを忘れていた。ぼくはそれをとって改札を通った。

「走って！」

ぼくはカットのあとを、頭を傾けて走った。カットが停車中の地下鉄に飛びのったのが見えた。ピーッと音がして、ドアが閉まろうとしている。足を踏み入れたところでドアにはさまれた。立体から平面へと押しつぶされるような感じだ。カットがドアを押さえつけてぼくを引きこんだ。

「遅いよ！」

カットはだれも止められない竜巻になっていた。「あいつは隣の車両のドアから遠くない場所にいるよ。ここから見える」カットは言った。「あたしが見張ってるから。あいつがおりたら、いっしょにおりるよ」

がたがた音がする旧式の車両だった。ブレーキが鳴ったり、急にゆれたりする。急カーブを曲がるときは手すりにしがみついた。スローン・スクエア。ヴィクトリア。ブラックフライアーズ。タワー・ヒル。オルドゲート・イースト。終点はアップミンスターだ。そこまで行くんだろうか? ステップニー・グリーンを過ぎたとき、カットは飛びかかろうとするトラのようにしゃがみ、ぼくを引っ張って同じようにしゃがませた。「あいつがおりるよ」

ブレーキがかかる。電車はマイル・エンドの駅にはいって停止した。一瞬の間があった。何秒かたつ。乗客は静かに待っている。向かいの男の人が床を足で軽く叩く。シューッと音がしてドアが開いた。カットはぼくをつかまえて車両から飛びおり、乗りこもうとしていた男の人を突き飛ばしそうになった。

「すみません!」カットは小声で言って、ぼくのスウェットシャツの袖を引っ張った。チョコレートの自動販売機の陰へ走りこむ。

クリスティはプラットホームを足早に歩き、階段をのぼっていった。

「行くよ!」カットが言った。

ぼくたちはチョコレートの自動販売機の陰から飛び出した。

「走っちゃだめ。のんびり歩いて」

「のんびり」ぼくは言った。のんびり歩くのは得意じゃないけれど、なんとかやってみた。ぼくたちはプラットホームをのんびり歩き、階段をのんびりあがって、改札から外へ出た。

カットが通りの向こうにクリスティを見つけた。ぼくたちも通りを渡って、のんびりあとを追った。クリスティは振り返らなかった。ジャケットのポケットに両手を入れて、考え事をしているふうに下を向いている。ファルコン・アームというパブがある信号のところで立ち止まった。ぼくたちも立ち止まった。しばらくしてクリスティはパブへはいっていった。うす汚れた大きなビルで、広い出窓にはカーテンがなかった。入口には白い横断幕が垂れさがっていて、〝二十四時間営業〟と書いてある。その上で小さくゆれる看板には、枝に留まってくちばしでネズミをくわえたはやぶさ《ファルコン》の絵がある。ネズミのしっぽがはためく様子を見ると、絵のなかでは強い風が吹いているらしい。風力七ぐらいだろう。

「さあ、どうする、カット」

「待つのよ」

「待つ」

「出てくるまで待つの」

「パパがいつも言っているんだけど」

「何を？」

「パブはブラックホールだって。はいったら最後、出てこられない」

「冗談に決まってるでしょ、テッド」

ぼくたちはその信号の角で五分待った。カットがいらだってきた。たくさんの人が行き交う。カットが、なんだか歯がゆいと言った。カットの歯は特に問題はなさそうに見える。どういう意味なのか尋ねようと思ったとき、カットは「パブの窓からのぞいてみる。あんたはここにいて」と言った。

ぼくはカットが忍び足で歩いていくのを見守った。カットは世界を救う任務を帯びた秘密情報部のエージェントのように出窓へ近づいていく。「あいつ、カウンターに陣どってる」カットは言った。ぼくはカウンターにどんな陣地があるのかと考えた。

カットはもう一度、中をのぞいた。「こげ茶色の何かがはいった大きなグラスが前に置いてあるんだけど、手をつけてないんだよね。大きい画面でテレビを観てる」

カットはぼくの横にもどった。「しばらくあそこから動きそうもないよ。さっきのバス停のそばにあった電気屋で待とう。テレビを観てたら、まわりからはバスを待ってるように見えるし」

ぼくたちは信号を渡り、ウィンドウに並ぶテレビの映像をながめた。何人かがしゃべったり、笑ったり、首を振ったりしている。午後のクイズ番組だ。画面だけで音は聞こえない。十八台のちがう種類のテレビを売っていたけれど、全部が同じチャンネルに合わせてあった。クイズ番組が終わってニュースがはじまった。十八の画面に、どこかの外国で重い銃を持ってほこりっぽい道を歩く兵士たちが映った。十八の画面に、大きな目のまわりにハエがたかる、アフリカの裸の子供たちが映った。飢えに苦しんでいるんだ。十八の画面に、会議場で演説をする首相が映った。演壇で話しながら両手を振っているところは、ぼくにちょっと似ている。

そのときだ。十八の画面に、ぼくの家の居間が映った。うちのソファーが十八個。ラシッドが十八人。白いセーターを着てオレンジ色の口紅を塗った青い顔のグロリアおばさんが十八人。おばさんが話している。カメラが寄った。なんと言ったのかわかった。お願い、お願いです。

カットが息を飲んだ。

「グローおばちゃんだ！」カットが叫んだ。「うちの居間がテレビに映ってる！」

「カットに言うのを忘れてたよ」

「あたしに言うのを忘れてた？」

「おばちゃんたち、マスコミを呼んだんだ」

「マスコミ？」

「大きいトラックで来た」

「あたしが出かけてるあいだに来たの？」

「そう」

「それなのに、教えてくれなかったの？」

「うん」

カットは目をくるりとまわした。

「話せなかったんだよ、カット。あんなにバイクだらけの場所じゃ」

十八の画面がうちの居間からサリムの写真へ変わった。制服のブレザーを着て、うれしいのか悲しいのかわからない表情をしている写真だ。それから、警察に連絡するための電話番号が映った。

サリムの話が終わった。つぎは最新の火星探索についての話で、ロボットが地殻から試料採取をしている映像が流れた。カットはそれをなんとなくながめながら「うちの居間が。テレビに」とつぶやいた。ぼくは火星の何もない風景に興味を引かれ、火星の天候はどんなだろう、生物が存在したことはあるのだろうか、と考えていた。気づいたときは遅かった。すごい力がぼくの肩を、そしてカットの肩をつかんだ。ぼくは振り返った。カットも振り返った。目の前にクリスティがいた。

酒のにおいがする。目が吊りあがっている。上下のくちびるがぴったりくっついている。

その意味はよくわかった。怒りだ。激しい怒り。

ぼくの肩をつかむ力が強くなった。痛い。「またおまえらか」クリスティはきびしい声で言った。

# 30　どこへも通じていない道

カットはだまっていた。ぼくもだまっていた。

クリスティは手の力をゆるめた。一歩さがる。手の甲で口をぬぐった。「おれのあとをつけてきたんだな?　モーターサイクル・ショーからここまで」

カットはうなずいた。

「あの行方不明のガキ。ニュースに出てた。おまえらがさがしてるのはあいつか」

「そうよ。ガキじゃない。あたしたちのいとこのサリムよ」

「いったいなんでおれが関係してると思うんだ」

「あなたがチケットをくれたすぐあとだったのよ。サリムはロンドン・アイにのって、あがっていった。なのに、おりてこなかった」

クリスティはくちびるの片端をあげて、もう一方をさげ、鼻にしわを寄せて眉をくっつけた顔で、ぼくたちを見た。「いかれたガキどもだな!」こちらを見ていない。まるでぼくたちが宙に浮いているみたいに、視線を上に向けていた。

「いかれてなんかいない」カットは言った。

クリスティは視線をもどして、おかしな笑いを浮かべた。「おまえらのいとこだが——ロンドン・アイにのってあがったきり、おりてこなかったと言ったな」

「そうよ」

「子供がいきなり蒸発するなんてことがあるか」

カットは深く息をついた。「警察も同じこと言った」

クリスティは視線をカットからぼくに移した。

「深刻な問題なの。警察が行方をさがしてる。テレビでも情報を求めてる」

「おれは何も知らない。そう言ったろ」

「ほんとうに——ただチケットを買って、のらないと決めただけなの？」

クリスティはあたりを見まわして、少しあとずさりした。「正確に言うと、ちょっとちがう」満員の乗客をのせたバスが近くのバス停に停まった。ベビーカーを押した女の人がどうにかのりこもうとしている。運転手はその人をくちびるの両端をさげて見ていた。クリスティはバスをちらりと見て、またぼくたちを見た。

「小鳥《バード》だよ」早口で言った。バスのエンジン音が高まった。さっきの女の人がベビーカーをシーソーのように動かして、乗降口にのせようとしていた。ベビーカーの車輪がくるくるまわる。ぼくの手がぶるぶる震えた。

「列にいた小鳥だ。そいつからチケットを渡された」

「鳥？」ぼくはカラスや鳩を思い浮かべた。

「黒い髪のかわいい女の子《バード》だよ。知らない子だ。おれはただ通りかかっただけさ。その子がおれを呼び止めて、ボーイフレンドが来ないんだけど、チケットを無駄にしたくないし、せっかく並んだんだから、自分はその時間にのりたいと言った。それで、おまえらにチケットを渡してくれって頼んできたんだ」

「なんであたしたちに?」カットが言った。

クリスティは肩をすくめた。「知るか。子供だし、列のすぐ後ろにいたからじゃないか。同情したんだろ」いきなり身をひるがえし、ドアが閉まる寸前にバスに飛びのる。「話を聞くなら、おれじゃなくってその子から聞きな。会えたらいいなあ」不気味な笑い声を立てた。

「待って! 行かないで! 待って!」カットはあとを追って走ったけれど、運転手は不機嫌そうに首を横に振った。「満員だ!」ドアがカットの目の前で閉まった。

クリスティは両方の手のひらをあげた。バスは勢いよく発車し、スピードをあげて大通りを走り去った。

「あの野郎!」カットが叫んだ。

「んんん」

「うるさい!」

クリスティをのせたバスは橋の下へ消えていった。カットは両手のこぶしを握りしめ、自分の太ももを叩いた。自分自身と戦っているボクサーみたいだ。やがて、歩道に落ちていたコーラの缶を側溝へ蹴飛ばした。「どこにもたどり着かない」カットが大声を出したから、通る人たちがぼくたちを見た。「めっちゃ最悪に時間の無駄だった」〝時間〟と言ったときに、カットはコーラの缶を踏みつぶした。「ぜんぜん、どこにもたどり着かない」何度も何度も踏みつける。コーラの缶はパンケーキみたいにぺしゃんこになった。「どこにもよ」カットは泣きだした。「で、地下鉄の駅はいったいどこ？　思い出せやしない」

# 31　竜巻上陸

カットはどうにか地下鉄の駅までの行き方を見つけた。手をひらひらさせながらついていくぼくを従えて、大股で大通りを歩いていき、柵にペンキを塗っている男の人に道をきいて、その人が指さした方向へまた大股で歩いていった。ぼくのことはすっかり無視している。ぼくは地下鉄の駅までずっとカットを追っていった。

家までの長い距離を、ぼくたちは無言で地下鉄にのっていた。表通りに出て、うちの前の通りにはいっても、まだカットはだまっていたけれど、ようやくぼくが横を歩くのを許してくれた。くちびるの両端がさがっていたから、怒っているというより悲しいということだ。

家の前まで来ると、カットは立ち止まった。「テッド、あたしたち、怒られるよ。髪がぜんぜん濡《ぬ》れてないじゃない」

ぼくはわけがわからず、自分の髪にさわった。そして思い出した。泳ぎに出かけたことになっているんだ。

「こっそりはいれば平気かもね」カットは小声で言った。鍵を取り出して差しこもうとしたとき、ドアが勢いよく開いた。

すぐ前にママが立ちはだかっていた。髪が乱れ、目が火山の噴火口みたいに大きくなっている。ママはぼくたちの水泳用具を目の前に突きつけた。カットのビキニ、ゴーグルふたつ、ぼくのトランクス。ママは手に持っていたものを投げ捨てると、ぼくたちをハグし、カットの耳のあたりを平手で叩いて、金切り声でまくし立てた。「なぜ言うことを聞かないの！うそはつくし、生意気ばかり言って――それに、テッド、あなたにもがっかりよ、いったいどうしたっていうの、泳ぎに出かけるだなんて、あんなうそを書いて。もう心配で心配で、気が変になりそうだった。ママがどれほど――」

カットが両手で耳をふさいで、ママの横をすり抜けた。

「まだ話してるのよ！　まったく、糸が切れた凧《たこ》みたいに」

ぼくは玄関口でとまどいながら、凧が空を飛んでいくところを想像した。叱られているのはわかったから、「ママ、ごめんなさい、ママ、ごめんなさい」と小声で言ったけれど、ママは聞いていなかった。ぼくはママが投げ捨てたものを拾った。ママはぼくを家に引き入れて、ドアを乱暴に閉めた。

「お向かいのホッパーさんの奥さんがまたこっちをのぞいてる。ご近所にどう思われてるものやら！　テレビの取材、パトカー、もううんざり。グロリアはおかしくなってるし、あなたたちふたりはいなくなるし、わたしがどんな気持ちでいたと思うの？」

カットが笑い声をあげ、それから壁のすそ板を蹴った。「ご近所ね」甲高い声で言い返す。「大人ってまったくどうしようもない」声を一オクターブあげて、静かに言う。「ご、近、所、にどう思われてるものやら？　そんなことしか頭にないわけ？　近所にどう思われてるか？　あたしたちは、なんとか力になろうとしてたんだよ。サリムをさがそうとしてた。でも、そんなこと、ママにはどうでもいいってわけね。あたしたちが何を考えてたか知ろうともしないんだよね。気になるのは、ご近所にどう思われてるかだけ。サリムが死んだって、知ったことじゃないんでしょ」

　ママはカットと正面からにらみ合っていた。ふたりが同じぐらいの身長なのにぼくは気づいた。

「なんてことを――なんてことを……」

　ママはカットのほおを強く叩こうとするように、さっと手をあげた。手はあと一センチのところで止まった。声がしだいに小さくなる。

　玄関の温度がマイナス三十度まで急降下したように感じられた。

　カットはママをにらみつけた。「ぶつならぶちなよ」

　ママはかぶりを振った。涙がほおを流れ落ちるのが見えた。手がおろされた。

　ぼくは一歩前に出た。「ママ？　カット？」でも、ふたりは見もしなかった。

　カットのくちびるが激しく震えた。ママを押しのけて、泣き叫ぶ。「**大きらい**、**大きらい**」

　つまずきながら二階へ駆けあがった。**大きらい**、**大きらい**。寝室のドアが乱暴に閉まった。

　少しして、何かが砕け散った音がした。

　わが家に竜巻が上陸した。これは、ひどい言い争いが起こって、ものすごく居づらい場所になったことを表す、ぼくが考えた表現だ。

ママは階段のいちばん下の段にすわりこみ、頭をかかえこんだ。肩が上へ下へと動き、おかしな音を立てている。

そんなママを見るのははじめてだった。

「ああ、なんてこと」ママは体をゆすって悲しそうに言った。「いったい、いつになったら終わるのかしら」

だれに話しかけているのかわからなくて、ぼくは見まわした。ぼくしかいない。だから、ママが話しかけているのは、ぼくか神さまのどちらかだ。

「ああ、神さま、神さま」ママは言った。

ということは、ぼくじゃなくて神さまだから、ぼくはもう行っていいんだ。

ぼくは裏庭で天気を観察することにした。

# 32 太陽風

ぼくは急ぎ足でキッチンを通り抜け、裏庭へ出た。手がひらひら動く。**気象庁より十八時発表の概況をお伝えします。フィッツロイ海域、北寄りの風、四から五、変風に転じ、雷をともなう雨……。**裏庭を端から端まで何歩で行けるかを測った。横が十二歩半、縦が七歩。乾いた洗濯物のぶらさがったロープの下をくぐり、シーツをつかんだ。汚いしみが残った。指先には電話帳をめくったときの汚れがまだついたままだ。アイ・オブ・ザ・ニードル・ソリューションズ。それはぼくに必要なものだ。不可能なことの解決策《ソリューションズ》。針の穴《アイ・オブ・ザ・ニードル》をどうやってくぐるのか。密閉されたカプセルからどうやって抜け出すのか。ぼくは、バイクにのっていた女の人と、写真に写っていたピンクの袖《そで》を思い出した。パパの剃刀《かみそり》の刃を思い出した。クリスティのこと、もう首を切ると言った女の人のこと、黒い髪の〝小鳥〟をさがせと言われたことを思い出した。少し前にグロリアおばさんから言われたことも思い出した。

「もし考えるだけでサリムが帰ってくるとしたら、それができるのはテッド、あんたしかいない」

ぼくは両手を耳の上にあてて首を左右に振った。頭が高熱で溶けてしまいそうだ。庭を歩いて測り、何歩あるかかぞえた。このときにかぎって、ちがう数になった――十二歩半じゃなくて、十一歩半だ。ほんの数分のあいだにぼくの脚が長くなったのか、宇宙がひろがらずに縮んだのか。「ぶるるうう」ぼくはアールズ・コートのバイクのような声を出した。空を見あげた。夕暮れだ。高層雲がひろがっていて、さわやかな南東の風が吹いているけれど、気圧がさがってきた。ロープに干してあるパパのシャツがぼくの頭にぱたぱたあたる。風が強くなってきた。ぼくは物置小屋まで歩いていって、そこを何度か蹴飛ばした。

ぼくは哲学者じゃない。気象学者だ。でも、瞑想は信じている。仏教徒は、頭を空っぽにすれば悟りが開けると信じている。物置小屋を蹴るのは、頭を空っぽにするにはいい方法だ。トランポリンでジャンプするのと似ている。蹴ったりジャンプしたり、ジャンプしたり蹴ったりで、しだいにいろいろな考えが耳から出ていく。おもちゃの兵隊の列がテーブルの端へ歩いていくように。あとには何も残らない――サリムに話したとおり、何もない空間だ。こわくてさびしいけれど、単純ではっきりしている。

ぼくは目を閉じて、広く静かな空間を思い浮かべた。物置小屋を蹴りつづける。八十七回蹴ったとき、ぼくの頭は空っぽになり、太陽風に似たものが頭のなかを吹き抜けた。電気を帯びた粒子の嵐が稲妻のように頭のなかを吹き抜け、色とりどりの光が奇妙にまたたく。一枚の絵がはっきりと描かれた。頭のなかでオーロラがゆらめいているようだった。火花が激しく散って、痛いほどだ。さっき半分だけ見えた像が鮮やかによみがえる。こんどは消えなかった。ぼくはそれをとらえて、しっかり押さえこんだ。そして氷のように固まらせた。

そのとき、はっきりした。サリムがいまどこにいるかはわからない。でも、サリムがどうやっていなくなったかはわかった。

# 33　嵐の音

嵐の真っただなかにいる人に話しかけても、まったく聞いてもらえない。嵐の音でことばは何も聞こえない。

雷、雨、風。

そして、嵐に飛ばされるもの——木の葉、屋根板、がらくた。

庭からもどったぼくは、物置小屋を八十七回蹴ったぶんだけ賢くなっていたけれど、だれもぼくの言うことを聞こうとしなかった。パパがちょうど仕事から帰ってきた。ママはまだ階段に腰かけている。ママはまだコートも脱いでいないパパに駆け寄った。両腕をパパの体にまわして、肩に頭をのせる。

「ああ、ベン。帰ってきてくれてうれしい」

「フェイス——いったいどうした。何か悪い知らせでも？」

「けさ話してからは何もなしよ。うちに取材が来た。二回も。グローは一日じゅうひどい調子で、午後にパニックの発作を起こしたの。息ができなくなってね。医者を呼んで睡眠薬をもらった。いまは疲れきって、二階で寝てる。サリムがいなくなってから、はじめてしっかり眠れてるんだと思う。子供たちのほうは、無断でどこかへ出かけたの。テッドったら、泳ぎにいくってメモを残したのよ。信じられる？　あの子がうそをついたなんて。どうしたらいいかわからなかった。あの子たちまでいなくなったのかと思ってね。ラシッドは、表を歩いてくると言って、出ていった。すわって待ってるだけじゃ頭がおかしくなりそうだって。子供たちはさっき帰ってきたの。ほっとしたわよ、ベン。ふたりがドアからはいってきて、そのとたん、カットとわたし――カットとわたしは――」

「落ち着くんだ」

「けんかになったの」

「いつものことじゃないか」

「ひどいけんかよ。もうちょっとでカットをぶつところだった。あとほんのちょっとで……」ママは親指と人差し指のあいだを一センチぐらいにしてみせた。そしてまた泣きだした。パパが「落ち着いて」と言ったけれど、泣きやまない。ぼくは二、三メートル離れて立っていた。

「パパ」返事はなかった。

「ママ」返事はなかった。

ぼくは少し待って、もう一度呼びかけた。「パパ。ママ」

ママは振り向くと、のどをごくりとさせた。「ああ、テッド。そこにいたのね。二階へ行って本でも読んでてくれない？」

「でもママ、ぼく、わかったんだ」

「しーっ、テッド。あとにしなさい」パパが言った。きつい調子で、早口で、パパの声じゃないみたいだった。ママがまた泣きだしたから、ぼくは二階へ行った。

ぼくの部屋では、カットがエアマットにうつ伏せになって、握りこぶしを眉のあいだにあてていた。目覚まし時計が床で砕け散っているのに気づいた。さっき竜巻が上陸したときに聞こえたのはこの音だった。

「カット」

カットはかぶりを振った。顔をしかめる。涙が流れ出て鼻を伝った。ぬぐおうともしない。

「カット。ぼく、わかったんだ」

カットはうなり声をあげた。

「仮説だよ。九つの仮説。どれが正しいかわかった」

「ああ、テッド。また仮説の話」カットは枕をつかんで頭にのせた。

ぼくは近づいて肩を叩いた。「あの仮説なんだけど」

カットは枕を持ちあげてぼくを見た。「あっちへ行って」

「カット」ぼくは付け加えた。「おねえちゃん」そう呼ばれるのが好きだと知っていたからだ。そのほうが、ぼくがふつうの人間に思えるんだって。けれど、いまは効果がなかった。

「テッド——そんなこと、どうでもいい。あっちへ行ってったら」

「カット……」

カットは枕でぼくの肩を叩いた。「鳴き方を忘れたアヒルみたいな顔はやめて」そう言うと、体を投げ出してすすり泣いた。

ぼくは、グロリアおばさんがいるカットの部屋へ行った。「グロリアおばさん？」ささやき声で言った。

でも、グロリアおばさんはぐっすり眠っていた。睡眠薬を飲んだとママが言っていたから、そのせいにちがいない。睡眠薬は脳波を落ち着かせて、眠っているときのパターンにするものだ（ぼくも一度試してみたい。眠れなくて悩んでいるわけじゃないけれど、人とはちがう働きをするぼくの脳がどう反応するか知りたいからだ）。グロリアおばさんはベッドにあおむけで斜めに寝ていた。ベッドの端から片方の足が垂れさがり、羽ぶとんがねじれている。口は半開きで、低い寝息がひびいている。まぶたはあざのような紫色だ。起こしたとしても、目を覚まさないだろう。

そのままそっと出ていこうとしたとき、カットの『あらし』の本がふとんに伏せてあるのが目にはいった。カットもサリムのように、学校でその本を勉強していたんだ。グロリアおばさんも読んでいたんだろうか。サリムはその劇に出た話をして、ぼくもきっとはまると言った。好きになるという意味だったのか、とぼくははっきり気づいた。大変な気象現象が題名の作品だし、気象はぼくがいちばん興味を持っていることだからだ。ぼくはその本を手にとって、カットの机で読みはじめた。

最初に人の名前の長いリストがある。劇の本のはじまりはかならずこうだ。だれがだれで、どうかかわり合っているかを作者が説明する、人物紹介のページだ。この本には、おおぜいの男の人と、おかしな名前の精霊と、ミランダという名前の女の人が出てくる。カットが〝つまんない女〟と言っていたのを思い出した。ぼくは第一場を読んだ。よくわからなかった。書いてあることばが、いちばん苦手な教科のフランス語みたいにわかりづらいからだ。読み返してみると、三回目でようやく、船があらしで沈む場面だとわかった。そのとき、後ろからうなり声が聞こえたから、ぼくは顔をあげた。

「サリムなの？」グロリアおばさんは寝言を言っているみたいだった。「サリム？」

ぼくは『あらし』を手に持ったまま、そっとベッドの横へ行った。「ちがうよ、グロリアおばさん。ぼく、テッドだよ」

おばさんはぼくを見た。白目が血走っていた。ずっと泣いていたり、何かを長いあいだじっと見ていたりするとそうなる。

「テッド？」おばさんは『あらし』を見てにっこりした。「さっき読んでたの。眠れるようにね。この前、サリムがその劇に出たのよ」

「うん、知っているよ。サリムが話してくれた」

おばさんはまた笑った。「若き王子ファーディナンド。輝いてた。あたしのかわいいサリム」

おばさんは横を向いて体をまるめ、また泣きだした。ぼくはだまってそこに立っていた。

おばさんの肩に手を置いたほうがいいのか、何もしないほうがいいのか、よくわからなかった。しばらくすると、おばさんはまた眠っていた。ぼくはそのそばに本を置いて部屋を出た。

ぼくは廊下に立って、耳を澄ました。家のなかは静かだった。こんなに静かなのに、なぜだれもぼくの話を聞いてくれないんだろう。家のなかでみんなが静かにしているときにいつもひびく音が聞こえてきた。土台に押しこまれた壁板がきしむ音。壁のなかの配管を水が流れる音。セントラルヒーティングのうなる音。ぼくは階段のいちばん上で手すりにしがみついた。ほかにも聞こえたものがある。自分の心臓が脈打つ音、耳のなかを血液が流れる音、一階の廊下で時計がカチカチ言う音もかすかに聞こえる。時間を刻む音。時間にも音があるんだ。こんなのははじめて聞いた。ぼくは両手で耳をふさいだ。耳が痛くなる気がした。

ママが階段の下に現れた。静かにあがってきて、ぼくにハグをする。ぼくは体をよじった。

「テッド、さっきはごめんね。カットにも謝らなくちゃ」

「ママ、ぼく、わかったんだ」

ママは何も聞こえなかったように、ぼくの頭を軽く叩き、横をすり抜けてぼくの部屋のドアをノックした。返事はなかったけれど、ママはハンドルをまわしてはいっていった。ドアが閉まる。壁の向こうからママの悲しそうな声が小さく聞こえてきた。カットの声も聞こえる。ふたりが何を話しているかはわからなかった。

一階へおりると、ちょうどラシッドがドアをスペアキーであけてはいってくるところだった。玄関広間に立って、前を見ているラシッドの顔には、何か意味のありそうな表情は浮かんでいない。

「ラシッドおじさん……」

「え？　ああ、やあ、テッド」

パパが居間から出てきて、「ビールでも飲まないか？」と言ってラシッドを迎え、ふたりはキッチンへはいっていった。

ぼくなんか存在していないみたいだった。

ぼくは居間へはいっていった。炉棚《ろだな》に置いてあったピアース警部の名刺を手にとる。それをじっと見つめた。ぼくは電話で話すのが苦手だ。でも、サリムの携帯電話にだれかからかかってきたことを話したとき、警部はにっこり笑って、自分の部下がぼくの半分でも頭がまわればいいのにと言ってくれた。あの人なら聞いてくれるはずだ。

ぼくはふだん、週に一回ぐらいしか電話を使わない。だれにも電話をかける必要がないからだけど、ママは練習が必要だと言って、ときどきぼくに電話番号案内にかけさせる。きょう電話をかけるのは二回目になる。練習にしては多すぎる。ぼくはソファーのひじ掛けにすわり、ひらひら動く手をお尻の下に敷いた。もう片方の手で受話器をとる。そしてピアース警部の番号を押した。

# 34　煙

時間が流れた。

カットとママが腕を組んで二階からおりてきた。ふたりがそんなふうにしているところを見るのは久しぶりだ。ふたりのボディランゲージから、仲なおりしたと推測できて、ぼくはうれしかった。ボディランゲージを読むのがとてもうまくなったということだからだ。

そのあと、グロリアおばさんがガウン姿でおりてきた。くちびるは一直線で、目はうつろだったから、ボディランゲージが伝えているものがわからなくて、ぼくはあまりうれしくなかった。

パパとラシッドは、みんなのためにテイクアウトのインド料理をとりにいった。ふたりは、あつあつの料理がはいったアルミホイルの入れ物をたくさん持って帰ってきた。ぼくはサモサふたつと、チキン・ビリヤニ、それにカットが残したチキン・コルマのほとんどを食べた。パパは海老のブーナをだいたいたいらげた。ほかの人たちは、皿に大量の料理が残ったままだった。グロリアおばさんはオニオンバジーの片側を三十分間ぐらいかじっていた。ママは皿の上でひとつのひよこ豆をフォークでずっとつついていた。ラシッドはビールをちょっとずつ飲みながら料理をながめるだけで、食べようともしなかった。

「仕事はどうだったの？」ママがパパに尋ねた。

パパは肩をすくめた。「静かなもんだよ。きょうはペッカムのほうに行っていた。新しい現場だ」

それからはだれもしゃべらなかった。

ぼくは、自分が知っていること、ピアース警部に話したことを全部みんなに話したかったけれど、みんなが希望を持ちすぎないように、いまはだまっていたほうがいいと警部から言われていた。警部は、希望というのはふつうはいいことだけど、何かに大きな希望を持ちすぎると、失敗したときにがっかりして、落ちこんでしまうと説明してくれた。〝落ちこむ〟というのは、熱気球の空気を速く抜きすぎて、地上にもどったときにドスンと落ちるというような意味かと尋ねたら、警部はそう、そんな感じだと言った。

またいろいろな考えが頭に浮かぶ――熱気球はぼくがいつか試したいことだけど、ぜったい快晴のときがいい、そして、気圧や気温を測る道具や記録装置をたくさん持ちこんで――

「こちらヒューストン。冥王星、応答せよ」パパが言った。

ぼくはパパを見た。ぼくが考え事に夢中になって、体と心が遠く離れた感じになっているとき、パパはいつもそう言って注意を引く。

「ライスをとってくれるか、テッド」パパはにっこり笑った。

ぼくはライスの皿を渡した。また静かになった。

だれもがサリムのことを口にしないと決めているようだった。カットは、自分の茶色い髪のひとふさを指にずっと巻きつけている。グロリアおばさんは、たばこに火をつけたのに吸うのを忘れている。ぼくはたばこが燃えるのをじっと見て、立ちのぼる煙を目で追った。窓が閉まっていて、部屋に風はないのに、煙はおばさんの肩のところで左にそれた。ぼくはまたコリオリの力のことを考えた。目に見えないのに、物が進む方向を変えてしまう力だ。

「グロリアおばさん──」

「しーっ、テッド」ママが言った。

「いいのよ──言いたいことは言わせてやって」グロリアおばさんが言った。

「せっかく火をつけたのに、どうして吸わないの?」ぼくはきいた。

「テッド! おばさんをそっとしておいてあげて」ママが言った。

グロリアおばさんはかすかに笑った。「自分が火をつけたことすら気づいてなかった。ねえ、テッド。すべて片がついたら──サリムがもし無事に帰ったら──これをきっぱりやめる。約束する」

おばさんは椅子に深く腰かけ、涙が顔を流れるまま、ゆっくりと吸いこんだ。泣いているのは、たばこをやめなきゃいけないからなのか、サリムが無事に帰らないかもしれないからなのか、ぼくにはよくわからなかった。部屋はまた静まり返った。「もし無事に帰ったらね」おばさんは繰り返した。それで、たばこじゃなくてサリムのことで泣いているとわかった。

ぼくは食事をつづけた。ナイフとフォークを置いたとき、静けさに耳を澄ました。時計の音がまた聞こえた。耳のなかで血液が脈打つのを感じる。頭のなかで鉄道《トレイン》の車輪がまわっていて、連結器がはずれて思考の流れ《トレイン》が制御を失ったようだった。**安置台の少年、列車に飛びのった少年。**ママがお茶をいれた。パパが砂糖を混ぜるとき、スプーンがカップにあたる音が聞こえた。**サリムなのか、サリムじゃないのか。**

「もうがまんできない」グロリアおばさんが言って、勢いよく立ちあがった。「ただ待ってるだけなんて。もう無理」

ママが手を伸ばして、グロリアおばさんの手首に重ねた。「気持ちはわかる、グロー。でも、すわって」

「姉さんにはわからない。わかるわけない。カットもテッドも、いなくなったことなんかないんだから。こんなふうにはね。もう二日間以上になるのよ。何もわからない。なんの手がかりもない。まったく何も」

「落ち着けよ、グロリア」ラシッドが言った。

「落ち着いてなんかいられない。みんなそうやってすわって、あたしを見てるだけ。何を考えてるか、わかってるのよ」

「グロー――」ママが言った。

「ごまかさないで。きょうベンと電話で話してるのを聞いたんだから。サリムが逃げ出したと思ってるんでしょ？　どこかにかくれてる――あたしからかくれてるって、そう思ってるのよね？　それならそう言えばいいじゃない」

「グロー――」
「さあ、はっきり言いなさいよ」
「たとえば――サリムがだれか悪い人に誘拐されたのか――こんなにあなたが心配してると
は思わずにどこかにかくれてるのか――ふたつにひとつなら、そうね、わたしが考えるのは
――」
「あたしのせいだって言うのね。あたしが自分でまいた種だって」
「ちがう、グロー、そんな意味じゃない。ただ、ニューヨーク行きはサリムにとって、ちょ
っと――」
「ちがう、そんなことない」おばさんはわめいた。「自分の子のことはよくわかってる。あ
の子が自分からこんなことをするはずが……」
おばさんは席を立った。ガウンの袖《そで》が皿に引っかかって、オニオンバジーが飛び散った。
肩が震えている。「外に出てサリムをさがしてくる。自分だけでね。ロンドンを端から端ま
で歩いたってかまわない」おばさんはよろよろと玄関へ向かった。
ママがあわてて立ちあがった。「グロー！　やめなさい！　わたし、そんなつもりじゃ
……」
ぼくがすわっている場所から、グロリアおばさんが玄関のドアをあけようと取っ手をひね
っているのが見えた。「じゃましないで、フェイ！」おばさんは叫んだ。
「グローを止めて、ベン。正気を失ってる」

パパがびっくりした顔で立ちあがった。カットも立った。ラシッドは口を開いたままますわっていた。

グロリアおばさんが玄関のドアをあけたちょうどそのとき、サイレンの音が近づいてきた。どこかでライトが光っている。うちの前の庭から声がひびき、人の動きがあって、騒ぎになっている。椅子が倒れ、ラシッドが体をゆらしながら声をあげた。「ああ、神よ、どうか、お願いです」

いやな感じが、のどをあがってきた。

警察が来た。ピアース警部からさっき聞いたとおりだ。

でも、サイレンを鳴らして来るとは思っていなかった。

それは、ぼくがカットと真似をして遊んだ救急車のサイレンとはぜんぜんちがう音だった。近くで聞くその音は、生々しく、大きく、いやな音だった。

**列車に飛びのった少年。安置台の少年。サリムなのか、サリムじゃないのか。**ぼくは両手で耳をふさいだ。**十九時発表の概況をお伝えします。フィッツロイ海域に千八ヘクトパスカルの低気圧、ロッコールの西側には……**

# 35　列車にのった少年、ふたたび

ピアース警部がグロリアおばさんのひじを支えて家にはいってきた。

「あたたかい飲み物を飲ませてあげてください。ショック状態ですから」警部は言った。カットがカップにお茶を注いだ。ラシッドが立って、グロリアおばさんに席をゆずった。おばさんをすわらせて髪をなでる。おばさんは両手もくちびるも小刻みに震わせていた。まるで吹雪のなかを帰ってきた人みたいだけれど、外は蒸し暑くて、十八度はある。

「何か情報があったんですか」ママがきいた。

ピアース警部はグロリアおばさんがお茶をひと口飲むのを待っていた。

カットの手がぼくの手を強く握っている。

ピアース警部は首を横に振った。「いくつか情報はあるのですが、いいとも悪いとも言えません。進展はありました。テッドのおかげでね」

みんながぼくを見た。

「テッドの？」ママが言った。

「テッドの？」パパが言った。

「テッドの？」カットが言った。

ぼくは何も言わなかった。キッチンの床を見ていた。

「サリムがいなくなった日に何が起こったかをテッドが解き明かしてくれました」警部はつづけた。「その結論は警察の捜査が向かっていた先と一致しました。けれど、テッドのほうが先に見抜いていたんです」

「テッドが！」カットの口が大きく開き、あごがさがっている。

「テッドの説明は納得できるものでした。しかし、まだサリムの居場所はわかっていません」

グロリアおばさんが悲しそうな声をあげて、両手で頭をかかえた。

「でも、列車に飛びのった少年がだれかは判明しました」

「サリムなの？」ママが言った。

ピアース警部は両手をひろげた。「サリムではありません。その少年はここに来ています」

制服を着た別の女の人が部屋にはいってきた。サリムと同じ年ごろの男の子を連れているけれど、サリムではない。警察の女の人の後ろに半分かくれている。ほおはぽっちゃりしていて、黒髪で、アジア系に見えるけれど、スウェットシャツのフードで頭をすっぽりおおっていて、顔がよく見えない。

「ええっ？」グロリアおばさんが息を飲んだ。

「やあ、マーカスだね」ぼくは言った。

# 36　天気を見きわめる

ぼくがどうやって謎を解き明かしたのか、知りたいんじゃないかと思う。ぼくと同じように、ふつうの人とはちがう仕組みで動く脳を持っていれば、もうわかっているかもしれない。月曜日にサリムがいなくなった十二時二分から、水曜日の十八時四分に警察に電話するまで、ぼくはずっと考えつづけていた。だから、五十四時間二分のあいだ考えていたことになる。眠っていた時間も入れたのは、人は眠っているあいだも考えているからだ。

ぼくは九つの仮説を何度も何度も見なおした。仮説の1、2、8は実際に確認したうえで消した。サリムがカプセルに残ってもう一周することはできないし、ぼくの時計はおかしくなっていないし、だれにも気づかれずにほかの人の服の下にかくれることはできない。サリムが最初からカプセルにのらなかったという仮説9は、カットからまちがいだと言われて納得した。仮説の5と7（自然発火とタイムワープ）はカットがすぐに却下した。カットには話していないけれど、結局そのふたつを捨てると決めたのには理由がある。ぼくはカプセルに乗りこむ人数をかぞえていた。二十一人だ。おりてきた人数もかぞえていた。二十一人だ。サリムが自然発火したか、タイムワープしたとすれば、おりてきたのは二十人のはずだ。

そうなると、残りは仮説の3、4、6だ。3と4は、サリムが出てきたのをぼくたちふたりが見逃してはじめて成り立つ。ぼくは警察の人に、見逃した確率は二パーセントだと話した。となると、サリムがカプセルから変装して出ていった確率が九十八パーセントだ。

最初、この仮説はありえないと思った。でも、五十四時間二分のあいだ、考えれば考えるほど、あってもおかしくないと感じるようになった。つぎの日にパパとロンドン・アイにのったとき、ぼくはだれにも気づかれずに変装できる時間があることに気づいた。みんなが記念撮影のためにポーズをとっているときだ。フラッシュが光るまでの一分近く、みんながひとつの方向を向いている。

そこでぼくは、カットが買ったサリムのカプセルの記念写真を見なおすことにした。ずっと見ていると、ピンクの袖《そで》が気になった。もともとは、ピンクのふわふわジャケットを着た女の子が、後ろのほうでカメラに向かって手を振っていると思っていたけれど、どうも変だ。最初にそう感じたのがいつだったかは覚えていない。カットがサリムのフィルムを使いきるために十八枚写した洗濯物の写真で、スウェットシャツや長袖Tシャツやブラウスの袖が風にゆれているのを見たときかもしれない。あるいは、あのクリスティの写真を急いで引き伸ばしにいくときに、カットが体をくねらせながら毛皮の襟《えり》のついた上着を身につけるのを見たときかもしれない。記念写真に写っていた袖は、だれかが手を振っていたところじゃない。だれかが着替えているところだったんだ。

ピンクの袖。合図をしているのか、おぼれているのか。手を振っているのか、着替えているのか。どう見るかによってちがう。ピンクのふわふわジャケットの女の子はサリムの共犯者だ。カプセルのなかで入れ替わったんだ。かつら、ジャケット、サングラス。必要なものはそれだけだ。

そしてぼくは、グロリアおばさんが、サリムはジョークの実践派だと言ったのを思い出した。ぼくみたいな理論派ではなく、実践派だ。つまり、サリムは自分のジョークを実際に行動に移す。たぶん、大がかりなジョークを実践したんだろう。

少しのあいだ、ぼくはサリムにガールフレンドがいたのかと考えた。ガールフレンドの話はだれからも聞いていない。グロリアおばさんも知らなかったのかもしれない。方程式の未知数X。コリオリの力。サリムの進路を変えた何か。でも、五十四時間二分にわたって考えているうちに、別の答を思いついた。

マーカスだ。パキボーイ。モッシャー。『あらし』に出た少年。

ロンドン・アイへ向かうとき、サリムはジュビリーの歩道橋を渡りながら、マンチェスターから〝友達〟が電話してきたと言った。その後、警察から聞いた話では、マンチェスターでマーカスを含む知り合い全員に尋ねたけれど、ロンドンへ出発したあとはだれもサリムと連絡を取り合っていないことになっていた。話が合わない。だれかがうそをついている。

マーカスだ。たぶん。

サリムがいなくなった日の友人たちのアリバイを警察は教えてくれた。マーカスのお母さんは、マーカスがボーイスカウトで一日出かけていたと言ったそうだ。ぼくは考えた。マーカスがボーイスカウトで出かけたというのは、カットとぼくがプールへ行くことにしたり、カットが学校をさぼって町へ出て、ヘア・フレアという店へ行ったりしたのと同じことかもしれない。マーカスのことはよく知らない。サリムの友達だということしかわからない。ふたりともアジア系で、男子校にかよっていること。ふたりとも学校の『あらし』の劇に出たこと。サリムはファーディナンドの役だった。ひとりだけ登場する女の役——カットがつまんない女と言ったミランダの役——をだれかがやらなきゃならない。たぶん、それはマーカスだ。たぶん、それでこの計画を思いついたんだ。

マーカスだ。その可能性は高い。

モーターサイクル・ショーのフリースタイルジャンプで、あの女の人がヘルメットをとって長い髪をほどくまで、のっているのは男の人だとみんな思いこんでいた。たぶん、カットとぼくはその逆だった。ピンクのふわふわジャケットを着ていた子は髪が長かったから、女だと思っていた。男なのか、女なのか、それはどう見るかでちがう。

マーカスだ。ほぼまちがいない。

カプセルから出てきた二十一人のなかに、かつらとサングラスの変装をとって出てきたと考えられる女の人はいなかった。でも、男ならひとりいた。ピンクのふわふわジャケットの女の子のボーイフレンド。ぼくたちがそう思っていた、褐色のぽっちゃりしたほおの男の子だ。

マーカスだ。ぜったいに。

そのとき、あの朝にサリムがひげを剃《そ》っていたことを思い出した。ピンクのふわふわジャケットを着て女の子に成りすますなら、顔はきれいに剃っておく必要がある。マーカスのように。すべてがマーカスにつながる。そして、ジグソーパズルの最後のピースもぴたりとはまった。ぼくたちがアールズ・コートから帰るときに、警備員の女の人が言ったことばだ。庭の物置小屋を八十七回蹴って、ようやくひらめいたんだ。カットがクリスティという男はどこへ行ったのかと尋ねたとき、あの女の人は、クリスティが食あたりで早退したと言った。そんなことは信じないと言った。**あいつったら、いつもそうよ。ここが痛い、あそこが痛い、歯医者がどうしたとか、おじさんが死んだとか。二度あることは三度ある、降ればかならず土砂降りってやつよ……何しろ、あんな名前だもん。**

マーカスの名字はピアース警部から一度聞いただけだけれど、一度聞けばじゅうぶんだ。少なくとも、ぼくにとってはそうだ。ぼくは大人になったら気象学者になる。マーカス・フラッド。〝洪水《フラッド》〟なんて名前は一度聞いたら忘れない。あのクリスティはアールズ・コートでぼくたちにうそをつき、マイル・エンドでもうそをついた。二回とも、何かをぼくたちにかくしていた。クリスティとマーカスはきっと親類だ。ふたりともフラッドという名字なんだ。何か理由があって、あの男はマーカスとサリムがジョークを実践するのを手伝った。ただのジョークとしか思わなかったんだろう。でも、それはジョークじゃなかった。もっと大きな計画の一部だった。サリムが逃げ出すための計画だったんだ。

もうみんな、わかったと思う。サリムは誘拐されたんじゃない。自分の意志で行方をくらましたんだ。サリムはニューヨークへ行きたくなかった。それはリュックサックにはいっていたガイドブックを見てわかった。背表紙にまったく折り目がない新品のままだったのは、サリムが一度も開いていなかったからだ。つまり、ニューヨークへ行くことを楽しみにしていなかった。でも、ロンドン・アイはちがう。そして、ロンドン・アイにのっている途中で姿を消すことは、サリムが考えつくかぎりで最高にわくわくするやり方だったんだ。

気象予報士は観察と計算によって仮説を立てていき、その仮説が正しければ正確に気象パターンを予測できる。サリムに何が起こったかを明らかにし、どこにいそうかを突き止めることは、それと似ている。ぼくは観察をして仮説を組み立て、カットの手を借りてさまざまな事実を発見した。そして、事実と仮説が一致したとき、サリムの居場所を突き止めることができると思っていた。嵐が起こる仕組みを解明して、どこに上陸するかを予測するように。

何かがまちがっていたらしい。

追っていった先にサリムは現れなかった。

いたのはマーカスひとりだ。

そのマーカスは、下を向いてキッチンに立っていて、みんながいっせいに話しかけたら泣きだした。顔は見えなかったけれど、泣き声が聞こえ、肩が震えているのがわかった。

ものすごくいやな感じが、また食道のあたりでわき起こった。

## 37　サリム・スプリーム

グロリアおばさんはガウン姿のまま、風力十の暴風のようにマーカスに食ってかかった。「何か知ってるの、マーカス？　サリムはどこ？」マーカスの袖を強くつかむ。「何か言ってよ！　ねえ！」

ピアース警部がおばさんを椅子にもどした。ママがマーカスにレモネードを持ってきて、椅子を勧めたけれど、マーカスは飲み物も椅子もことわった。首を左右に振ったとき、フードが後ろにさがった。マーカスは袖で顔をふき、顔をあげてぼくを見た。ぼくはくちびるの両端をあげた。それは友達になれるという意味だから、はじめて会った人にはそうするようにシェパード先生に言われている。でも、マーカスのくちびるは動かなかったから、ぼくとは友達になりたくないということだ。

「マーカスはおわびを言いたいそうです」ピアース警部が言った。「こわくて名乗り出られなかったんですって。大変なことになると思って。知っていることはすべて話してもらいました。先ほど作成した供述調書もここにあります。大筋はテッドが推理したとおりでした」

警部はカットに向かってうなずいた。「カットもずいぶん力になったようですね」

「あたしが？」カットは言った。

「カットがいなければ、考えつかなかったよ」ぼくは言った。

警部はつづけた。「マーカスのお母さまが、別の警官と外のパトカーで待っています。お母さまも、みなさんにマーカスの話を聞いてもらいたいんですって。話が終わったら、警察がふたりを連れて帰ります」

「しかし、どういうことなんだ……」ラシッドが頭に両手のげんこつを押しつけた。

「マーカスとサリムは、サリムが失踪した日に何時間かいっしょに過ごしました」ピアース警部は説明した。「そうよね、マーカス」

マーカスはうなずいた。

「それは示し合わせたとおりでした。そして、マーカスはひとりでマンチェスターに帰った。サリムは帰らなかった。でも、最初はサリムもいっしょに帰るはずだったのよね、マーカス」

マーカスはまたうなずいた。

「サリムは逃げ出そうとしていたんです」

「そんな」グロリアおばさんはうなり、両手で頭をかかえた。

「だけど、結局はそうしなかった。考えなおしたんです」

グロリアおばさんは顔をあげた。「考えなおした」静かに言って、うなずく。「そう、考えなおしたのね」

「自分で説明したい、マーカス？」ピアース警部は尋ねた。「それとも、わたしが供述調書を読むほうがいいかしら」
一瞬の間があった。マーカスはフードをまた引っ張りあげたので、顔が見えなくなった。やっと聞きとれるぐらいの声がした。「供述調書、お願いします」だから、ピアース警部はマーカスの供述調書を読みあげた。これがその内容だ。

証人マーカス・フラッドによる供述調書

ぼくの名前はマーカス・フラッドです。これから話すことはすべて真実です。サリムはぼくの親友です。サリムが去年の九月に転校してくるまで、ぼくは学校でパキボーイと呼ばれていましたが、もうだれもそんなふうには呼びません。ぼくはパキスタン出身じゃありません。母はバングラデシュ出身で、父はアイルランド人です。それなのに、ジェイソン・スマートは、毎日ぼくのサンドイッチをつかんで、きょうもヤギのカレーかよ、パキボーイ、と言って床に投げ捨てました。チーズとトマトのサンドイッチなのにです。

そんなとき、サリムがぼくのクラスにはいって、ぼくの隣の席になりました。みんなはサリムをパキボーイ二号と呼びましたが、サリムは相手にしませんでした。ジェイソン・スマートがサリムのサンドイッチをつかんで、ヤクの尻よりひどいにおいだって言ったときもです。そのつぎの日、ジェイソン・スマートが自分のサンドイッチの箱をあけると、ものすごい数のうじ虫がうようよしていて、クラスじゅうが大騒ぎになりました。サリムはパキボーイ二号からモッシャー・サリム・最高神《スプリーム》になり、ぼくもサリムの友達だから、モッシャーになりました。シャツを半分ズボンに入れて、半分出す。九年K組でいちばんのモッシャーです。

モッシャーというのは、がんばらなくてもいいんです。教室のいちばん後ろにすわって、死ぬほど退屈そうにしていればいい。だけど、劇となると話は別です。ぼくたちはモッシャーだけど、一生懸命やりました。デイヴィソン先生が最高だからです。ぼくたちはイースターに学校でやる『あらし』の劇で、ぼくたちふたりを重要な役に選んでくれました。デイヴィソン先生がプロスペロー、サリムはファーディナンド王子、ぼくはミランダ、そう、女の役です。そのころ、ぼくはまだ声変わりしていませんでした。長い黒髪のかつらをかぶって、白いドレスを着たぼくが「まちがいなく娘でございます」というたびにクラスじゅうが足を踏み鳴らして拍手し、流し目をすると、やんやとはやし立てました。デイヴィソン先生はぼくを喜劇の天才だと言いました。

ところが、イースター休暇が終わると、サリムが悪いニュースを持ってきました。お母さんがニューヨークへ行くことになって、サリムも連れていかれるというのです。ショックでした。科学技術の授業中、ぼくは劇薬をくすねて飲むことさえ考えました。パキボーイに逆もどりなんて、いやです。でも、サリムがいなければ、そうなるに決まっていました。

サリムもニューヨーク行きをいやがっていました。お父さんといっしょに住めないかときいたけれど、お父さんからだめだと言われたそうです。そして、お母さんはチケットを予約してしまいました。ロンドンから出発することにして、何年も会っていなかったスパーク家という親戚のところへ寄ることにしたそうです。サリムは、スパークの連中なんか知るかと言いました。ぼくたちがずっと憧れていたロンドン・アイにのれるかもしれないじゃないか、とぼくは言いました。でもサリムは、ぼくといっしょじゃなければつまらないと言ってくれました。大きな計画を思いついたのはそのときです。

ミランダの役をやったときのようにぼくが女に変装し、サリムと待ち合わせて、いっしょにロンドン・アイにのるんです。ロンドン・アイから出るときは、サリムがその変装をします。そして、お母さんとスパーク家の人たちを置き去りにして、ぼくといっしょに逃げるんです。その日のうちに列車でマンチェスターに帰り、サリムをどこかにかくまってぼくが食べ物を運びます。お母さんがひとりでニューヨークへ飛び立ったら、サリムはお父さんといっしょに住めばいい。それなら、お父さんもだめとは言えないはずです。そうすれば、サリムとぼくは九年K組でいちばんのモッシャーのままでいられます。

ぼくはまず、兄のクリスティに電話しました。クリスティはロンドンに住んでいて、いつもお金に困って電話してくるから、父は、いつまでもせびるんじゃない、勝手にしろ、と言っていました。今回はこっちから電話をかけました。ロンドン・アイで待ち合わせて、友達のサリムと計画しているちょっとした芝居を手伝ってくれたら、十ポンド渡すと言いました。返事はイエスでした。

サリムはお母さんとロンドンへ出発しました。つぎの日、ぼくはボーイスカウトで一日出かけてくると母に言いました。母は疑いもせず、小づかいまでくれました。サリムの貯金もあったので、ロンドン・アイのチケット二枚を買うにはじゅうぶんすぎるぐらいでした。ぼくはロンドン行きの朝早い電車に飛びのりました。検札をごまかす手口を知っていたので、お金は払っていません。ユーストン駅でおりて、テムズ川をめざして歩くと、ロンドン・アイはすぐ見つかりました。見逃しようがありません。

まずクリスティが現れました。ぼくはミランダになったときのかつらをかぶり、去年の夏にスペインのコスタ・デル・ソルで買ったサングラスをかけて、姉のシャノンからこっそり借りたジャケットを着ていました。クリスティは大笑いして、ぼくのことをいかれた女装野郎と言い、父さんに見られたら半殺しにされるぞと言いました。ぼくたちはチケットを二枚買いました。兄には、サリムを逃がしてかくまう話はせず、サリムのいとこのスパーク姉弟にいたずらを仕掛ける、とだけ言ったんです。劇に出たあと、ぼくは声変わりしたので、スパーク姉弟に話しかけるわけにいきません。口を開いたとたんに、女じゃないことがばれてしまいますからね。だからクリスティの手を借りる必要があったんです。それに兄は大人だから、チケットを買うときに何か言われたりしません。

チケットは手にはいりました。ぼくはサリムに電話して、どこにいるかを尋ね、「急げよ。十一時半のチケットだから」と伝えました。サリムは川を渡っているところだと言い、数分後に現れました。ぼくたちの計画どおり、お母さんたちはコーヒーを飲みにいき、サリムとふたりのいとこがチケットの列に並びました。クリスティはサリムに会ったことがありますが、知らないふりをして近寄っていきました。サリムにチケットを渡して列の場所を教えると、仕事に遅れそうだったので、急いで向かいました。

　サリムのことを知らないふりをしているあいだ、ぼくは笑いをこらえるのに苦労しました。スロープを歩いているあいだじゅう、ずっとほおの内側を噛んでいたんですが、サリムはカプセルに乗りこむまでぜったいにぼくのほうを見ませんでした。カプセルのドアが閉まってのぼりはじめると、ぼくたちは腹をかかえて大笑いしました。魔法のような時間でした。ロンドンの空、光、そして見渡すかぎりの風景が全部目の前にあったんですから。気分は最高でした。

　いちばん上まで行くと、サリムは急に静かになり、太陽の方角をじっと見ていました。

「サリム、何を見てるんだ」

「マンハッタンだよ」

「ここはロンドンだ。マンハッタンじゃない」

「運命なんだ、マーカス。向き合わなきゃ」

　ぼくはそれを聞いて悲しくなりました。サリムの気が変わったように聞こえたからです。変装して逃げ出して、いっしょにマンチェスターにもどるのをやめるのかもしれない。けれど、カプセルのなかの人たちが記念写真のために集まると、サリムは笑いながらぼくのかつらをとって、自分の頭にのせました。サリムはぼくが脱いだジャケットを着て、ぼくはかつらを整えてサングラスをつけてやりました。ほんの数秒間で完成です。だれからも見られませんでした。みんな撮影のためにカメラのほうを向いていたからです。

そのあと、カプセルは地上にもどりました。ぼくたちはスパーク姉弟のすぐ横を歩いていきました。ふたりの困ったような顔は、なかなかの見ものでしたね。サリムは気どって歩いていて、ほんとうに女の子みたいに見えました。そのあと、お母さんがコーヒーを飲んでいる場所のすぐ前をゆっくりと通り過ぎました。お母さんはこっちを見ていましたが、まったくサリムに気づきません。

見破られては困るので、ぼくはサリムを急がせて、人混みにまぎれこみました。サリムは携帯の電源を切りました。「もうこっちのもんだぜ、マーカス!」サリムは叫びました。そして、ぼくの背中を叩き、かつらをはずしました。カメラはいとこに渡したままでしたが、まだお金は残っていたので、サリムはドラッグストアで使い捨てカメラを買って、ぼくが橋の上にいるところを撮ってくれました。ホットドッグとマーズバーとコーラも買って、川のそばの公園でピクニックをしました。ぼくがアヒルの鳴き声を真似ると、サリムはぼくを喜劇の天才だと言いました。大道芸人がおおぜいいる広場へも行きました。最高におもしろかったんです。竹馬にのったズボンの破れた曲芸師や、銀色の球を体じゅうに転がしてみせるマジシャンや、十回とんぼ返りをして鼻で着地するピエロ。見終わると、サリムは残ったお金をピエロに渡しました。トッテナム・コート・ロードを歩いていたときには、電子ピアノを売っている店がありました。オルガンと弦楽器とトランペットとドラムのビートを一度に出せるんです。楽しくて楽しくて、あんなに楽しい一日ははじめてでした。永遠につづいてほしかった。でもだめでした。

ぼくたちはユーストン駅に着きました。そのときサリムは、ぼくといっしょには行かないと言ったんです。

「おれにはできないよ、マーカス」

「できるさ、簡単だよ。飛びのってトイレにかくれればいいだけだ」

「いや、そうじゃない。母さんから逃げるなんてできない。うちの母さんはたしかに変わってる。だけど、たったひとりしかいない母親だ。それだけじゃない。いとこのカットとテッドもいる」

「スパーク家の連中か？　あいつらなんかどうでもいいって言ってたじゃないか」

「それは会う前の話だよ。カットとテッド、ふたりともいいやつなんだ。もしもどらなかったら、おれをひとりでロンドン・アイにのせたことで責められるに決まってる。それに母さんも大騒ぎするだろうし」

どう返事したらいいかわかりませんでした。まわりの人たちは列車に向かって急いでいます。アナウンスが流れていました。マンチェスター行きという案内が聞こえました。ぼくがのる列車です。

「おまえはモッシャーを気どってただけなんだな」ぼくは言いました。

「ああ。おまえこそ本物のモッシャーだ、マーカス。かなわないよ」サリムは笑いました。「うじ虫を入れたのはおまえだろ?」

「どうしてわかる?」

「この前、おまえの家に行ったとき、おまえのお父さんが趣味は釣りだって言ってたからさ」

サリムがシャノンのジャケットを返してきたので、ぼくはかつらといっしょにリュックサックにしまいました。サングラスはサリムにすごく似合っていたから、そのままあげました。笛の音がひびきました。ぼくの列車です。ぼくたちはさよならを言い、サリムはぼくをハグしました。

「走れ、マーカス。エンパイア・ステート・ビルからカードを送るよ」

ぼくは走りました。ドアが閉まりかけたとき、後ろからサリムが叫ぶのが聞こえました。「だれにもパキボーイなんて呼ばせるなよ。おまえはモッシャー・マーカスだ、忘れるな。喜劇の天才なんだ」

駅員がぼくを見て叫びました。ぼくは列車に飛びのり、すぐにドアが閉まりました。走りだした列車に向かってサリムが手を振っているのが見えました。サリムを見たのはそれが最後です。

ストーク・オン・トレントを過ぎるまで、トイレにかくれていました。マンチェスターではだれにも見つからず無事におりて、家へ帰りました。「ボーイスカウトはどうだった?」と母がきいてきたので、「楽しかった」と答えました。

その夜遅く、シャノンのピンクのジャケットをこっそり棚へ返そうとしたとき、ポケットにサリムの携帯電話がはいったままなのに気づきました。いとこのもとにカメラを忘れたのと同じように、電話も忘れたんです。サリムがニューヨークに着いたら送ろうと思って、自分の机の引き出しにしまいました。

つぎの日、警察が来ました。サリムが行方不明だというんです。そのとき、母も家にいました。前の日にサリムといたことを認めたら、ひどく怒られるに決まっています。だから、ボーイスカウトで出かけていたと言い張りました。でも警察が帰ったあと、心配になりました。サリムはどこなんだろう? スパーク家にもどると言っていたのに、なぜそうしなかったんだろう?

ぼくはひと晩じゅう眠れませんでした。きょうになって、ついに耐えられなくなり、サリムの携帯を取り出しました。お母さんに電話して、知っていることを伝えようと思ったんです。電源を入れると、二十件のボイスメールが録音されていました。全部サリムのお母さんからです。お母さんの声は悲しそうでした。ところが、電話をかけたのに、なかなか出ません。お母さんがやっと出たとき、自分には話す勇気がないことに気づいて、通話を切りました。電源もオフにし、マットレスの下にかくしました。

けれど、そのあと、クリスティがぼくの携帯電話にかけてきました。サリムのいとこたちと仕事場のモーターサイクル・ショーで出くわしたそうです。ぼくのことはばらさなかったけれど、もしサリムの居場所を知っているなら、すぐに警察に行け、おれを巻きこむな、と言われました。すごい剣幕でした。

ぼくはどうすればいいかわかりませんでした。めんどうなことになるから警察には行けません。でも今夜、また警察が来ました。警察は何もかも知っていました。サリムのいとこのテッドが謎解きをしたと言いました。かつらのことも、ロンドン・アイのことも、列車に飛びのったことも、全部お見通しだそうです。まるでぼくの頭にはいりこんで、考えをまるごと読みとったみたいに。テッドはちょっと変わった症候群にかかっていて、そのせいで巨大なコンピューターみたいに頭がまわるんだとサリムが言っていたのを思い出しました。

いま話したことは、すべて真実だと誓います。ぼくが最後にサリムを見たのはユーストン駅です。ぼくの話は以上です。

マーカス・フラッド

## 38　足跡をたどる

ピアース警部がマーカスの供述調書の読みあげを終えたのは午後十時三分だった。マーカスを見るグロリアおばさんの表情は、どの程度なのかを震度では表せないものだった。下のくちびるがさがり、流れる涙をふこうともしない。椅子にすわっていたラシッドは、両手で頭をかかえてまったく動かない。ピアース警部はこぶしを握りしめて身を乗り出した。

「マーカス、よく考えて。ゆっくりでいい。サリムが言ったことで――どんなことでもいいから――そのあとどこへ行ったかの手がかりになるようなことはない?」

マーカスは首を横に振った。「いいえ、ぼくが覚えてるのはいま話したことで全部です。ここにまっすぐもどると言ってました。神に誓います」

「どうやって帰るかは?」

「いいえ、何も。でも、トラベルカードを持ってました。前に見せてくれたんです」マーカスはフードでさらに顔をかくした。付き添いの女性警官がマーカスに腕をまわした。

「もう、うちに帰りたい」くぐもった声が聞こえた。

ピアース警部はうなずいた。「家まで送ってやって。何か思い出したことがあったら、すぐわたしに電話するように」

マーカスがドアへ向かおうとしたとき、グロリアおばさんが立ちあがった。

「マーカス」部屋は静まり返った。マーカスは立ち止まったけれど、振り返りはしなかった。

「聞いてちょうだい、マーカス。サリムの母親として言います。あなたは何も悪くないから」

おばさんはすわって、深く息をついた。

マーカスはのろのろとおばさんへ近づいた。「忘れるところでした。これを返します」差し出した手にはサリムの携帯電話があった。おばさんは震える指で受けとって、それをほおにあてた。

「ああ、サリム。いったいどこにいるの？」おばさんは携帯電話に向かってつぶやいた。

マーカスは警察の人に付き添われて帰っていった。

ピアース警部はグロリアおばさんの肩に手を置き、本部にもどってロンドン全域にわたる捜査を指示すると説明した。地下鉄の職員や、ユーストン駅を通行するバスの運転手に聞きとりをおこなうという。隅々までさがす、と警部は言った。そして警部も帰っていき、おばさんはまた泣きだした。

ママはカットとぼくに、もうベッドにはいるように言った。

ぼくたちは寝ようとすらしなかった。カットはエアマットにすわり、ぼくはベッドにすわった。ぼくはベッドのわきのライトをつけた。頭がずきずきした。

「テッド？」

「何？」

「やっとサリムが見つかると思ったのに。でも、だめだったね。またわからなくなった」

「うん、わからない」

「くやしいよね、テッド」カットは体を震わせた。「ピアース警部だってくやしがってる」

「うん」

「警部はずっとサリムが逃げ出したんだと思ってた。いまはもう、そうじゃないと思ってる」

「うん」

「答はふたつのどちらかだよね、テッド」

「ふたつ？」

「逃げ出したか、誘拐されたか」

「誘拐？」

「そう」

「でも、どうして？　グロリアおばさんは大金持ちじゃないのに」

「ああ、テッドったら。子供だね。誘拐される理由はほかにもあるんだ」

「ほかの理由って？」

「鳴き方を忘れたアヒルみたいな顔で見るのはやめて！」

ぼくは頭を傾けるのをやめて、目をぱちくりさせた。「ほかの理由って何？」

「ポルノ関係」

ぼくの手はぶるぶる震えた。

カットは横になって体をまるめた。眠ってはいない。犬が水を飲んでいるような音は聞こえない。しばらくたってから、ぼくは小さな音でラジオをつけた。零時の海上気象予報だ。

**「気象庁より深夜零時発表の概況をお伝えします。フィッツロイ海域、北寄りの風、五から六、変風に変わり、雷をともなって……。フォース、タイン、ドッガー海域、六から七……」**南のほうでは雨になる。風が強くなってきた。木の枝が庭の物置小屋を叩く音が聞こえた。ロープに干した洗濯物がまた濡《ぬ》れてしまうだろう。突風にのって激しい雨が窓を打つ。

ぼくは気象学入門の本を手にとって、コリオリの力のページを読んだ。サリムがユーストン駅でマーカスに言う声が聞こえた。**カットとテッド、ふたりともいいやつなんだ。**

ぼくは安置台の少年のことを考えた。そして、サリムのことを考えた。どこか巨大で静かな空間にいるのか、それとも、こんな激しい嵐のなか、外で横たわっているのか。答はふたつ。かくれているか、誘拐されたか。

「それ消してよ、テッド。そのラジオ。頭がおかしくなりそう」

カットの声がした。ぼくはラジオを消した。

「眠れない」カットはうなった。

「カット、仮説を覚えているよね。九つの仮説」

「その話はもうやめて。お願い」

「あのなかのひとつはあたっていた」

「はい、はい、仮説6ね。おりこうさん」

「でも、最初に考えたのは八つで、あとから九番目を思いついたのを覚えている？」

「だから？」

「さっきカットが言ったことはまちがってるのかもしれない」

「どういうこと？」

「答はふたつしかないって言ったこと。かくれているか、誘拐されたか。もしかしたら、三つ目があるかもしれない。この前の仮説9みたいに。まだ考えていないものがあるんじゃないかな」

カットは聞いていた。起きあがって、部屋のライトをつける。「たしかにね。第三の答か。何かあるはず」

カットはエアマットのわきをうろうろ歩きながら、こぶしでもう片方の手のひらを叩いている。小さいころにやったじゃんけん遊びのグーとパーみたいだ。ぼくにもやり方がわかる大好きな遊びだった。第三の答を見つけようとしているぼくは、手でチョキの形を作った。グー、パー、ときたら三番目はチョキだ。

ぼくは考えを声に出した。「サリムは自分から姿を消したのかもしれない。わざとだ。マーカスがうそをついているのかもしれない」

カットはうろうろするのをやめた。ぼくを見る。「マーカスはほんとうのことを言ってるよ」

「どうしてわかるの？」
「とにかくわかる。ボディランゲージみたいなものだよ、テッド。仮説9がまちがってると
わかったのと同じこと。こんどもそう。マーカスが言ってたとおりだって、とにかくわかる
の。サリムはいなくなるつもりなんかなかった。ここにもどるつもりだった。逃げ出すって
いう考えは捨てたのよ」
「だったら、自分では望んでいないのに姿を消したってことだ」
「そう」カットはベッドに腰をおろした。「答はふたつしかないよ、テッド。ふたつだけ。
自分の意志でいなくなったか――だれかの意志でいなくなったか」
「だれかの」ぼくはつぶやいた。
「つまり、ほかのだれかがサリムを閉じこめてるってこと」
「閉じこめている」ぼくはベッドから起きあがって窓をあけた。「ほかのだれか」北東の風
が吹きこんできた。外の空気のにおいがする。ロンドンのにおいだ。ぼくはコリオ
リの力のことを考えた。机に置いていた紙が飛んでいく。木の葉がはいってくる。
「ほかのだれか」カットが小声で言って、ぼくの横に来た。ぼくの肩に手をまわす。
「何かかもしれないよ」ぼくは言った。
強い風が部屋に数秒間吹きこんできて、カットは窓を閉めた。「どういう意味？――何か
って」
「わからないけど、何かが行く手に現れて、サリムは道からそれることになったのかもしれ

ない。コリオリの力が風の進路を変えるみたいに。人じゃない何か。目にも見えないものだよ」

「それは――サリムが事故にあったってこと？」

「わからない。そうかもしれない」

「そうか。サリムが何か事故にあって家に帰れなかったとするよね。でも、それなら見つかると思う――死体がね。それか、どこかの病院にいるのかも。警察ならわかるはずだよね。ただ――」カットは両手で首を押さえた。目が大きく見開かれた。

「ただ――何？」ぼくはきいた。

「川に落ちたらわからない。沈んでしまったら」

ぼくは鵜《う》が水にもぐるところを思い出した。手がぶるぶる震えた。

「川になんて落ちるはずないよ、カット。どこにだって壁があるから。わざと身を投げないかぎり落ちない」

カットは息を飲んだ。目をさらに大きく見開く。「そうしたのかな。自分で。身を投げた。川に」

「まさか」ぼくは言った。

カットはじっとこちらを見た。ぼくは震える手をカットの細くて柔らかい肩に置いた。

「そんなはずない」

カットは息を吐き出した。「そうだよね。あんたの言うとおりよ。サリムがそんなことするはずない。ぜったいに」首を左右に振る。「じゃあ、そのコリオリの力みたいなことってなんだろう」

「わからない」ぼくは両手をあげて振った。「考えているんだけど、頭が疲れてしまって」

「サリムになったつもりで考えようよ、テッド。いまユーストン駅にいるとして、サリムが歩いた道をたどってみよう。頭のなかでね。サリムはロンドンをよく知らない。トラベルカードを持ってる。いい？」

「うん」

「マーカスに手を振ってさよならする。いい？」

「うん」

「それから？」

「時計を見ると四時だ」ぼくは言った。

「グロリアおばさんがかんかんになってるはずだ。だから電話をかけようとする」

「そのとき、電話がないことに気づく。ピンクのふわふわジャケットに忘れた」

「だから公衆電話をさがす。いい？」カットは眉をひそめた。

「ちがう。お金がないんだよ、カット。全部使ってしまったんだ。使い捨てカメラ。マーズバー。コーラ。大道芸人」

「ああ――そうだったね。持ってるのはトラベルカードだけ。だから、まっすぐ家に帰ることにする」

「地下鉄にのる」

「なんでわかるの？」

「それがいちばん速いからだよ。それに、ロンドンをよく知らなければ、いちばん簡単だし」

「そうね。地下鉄の路線図を見る。ノーザンラインにはその朝のったことがあるし。頭は悪くないもん。それに簡単だよね。ユーストンからうちの駅までは一本で乗り換えもないから。楽よ。だからプラットホームにおりて、のる」

「ユーストン。トッテナム・コート・ロード。レスター・スクエア。エンバンクメント。ウォータールー」ぼくは言った。

「それで、うちの駅まで来る」

「地下鉄をおりる」

「エレベーターにのる」

「地上へ出る」

「トラベルカードを見せるか、機械に通すかして、家に帰る。もう着いちゃうよ！　地下鉄の駅からはすぐだもん」カットは怒りはじめた。「こんなこと、意味がないよ、テッド」

「表通りに出てから、どっちの方向へ行くかわからなくなったのかも」

カットはぼくの顔をじっと見た。「そんなことないと思う。サリムならね。その朝、あたしたちと歩いたばかりだもん。死ぬほど簡単でしょ――表通りを二百メートル歩いて、バラックスの前を通り過ぎたら、左に曲がってリヴィングトン・ストリートにはいる。そしたら、もうこの家よ。通りを半分ぐらい来たら」

ぼくはうなずいた。「この家。通りを半分ぐらい来たら」

カットはエアマットにどさっと横になった。「こんなの、なんの役にも立たないよ、テッド」

「役に立たない」ぼくはつぶやいた。

ぼくの手が震えはじめた。頭が傾く。「カット、さっきなんて言った？　もう一回言って」

「なんの役にも立たない」

「そうじゃなくて。その前に言ったこと。表通りからここまでの話」

「表通りを二百メートル歩いて、バラックスの前を通り過ぎたら――」カットはことばを切って、ぼくをじっと見た。

「カプセルのなかで、いちばん上まで行ったとき。サリムは太陽の方角をじっと見ていたって、マーカスが言ったよね。南のほうを見ていたってことだよ」

「マンハッタンを見てると言ったんだよね」カットはつぶやいた。

「マンハッタンじゃないよ、カット。太陽でもない。マンハッタンを思い出す何かを見ていたんだよ。大きな高層ビルだ。バラックスだよ」

「何かってのはそれね」カットは言った。「それだよ。コリオリの力みたいなことって。サリムの進路をそらせたもの」カットは首を振った。「でもさ、テッド――サリムは早く家に帰りたかったはずだよね。バラックスに寄り道なんてしないんじゃない？」

「サリムは高層ビルが好きなんだよ、カット」

カットはうなずいた。「使い捨てカメラも持ってた。ちょっと写真を撮りたいと思ったかもしれない」

ぼくもうなずいた。「あの日はいい天気だったよね、カット。見晴らしがよかった」

「もうなくなってしまうのをサリムは知ってた……。それに、帰ったときにグロリアおばさんにこっぴどく叱られるのはわかってただろうし。少し遅れるぐらいはいいだろうと思って……ちょっと見てみるつもりでバラックスにはいって……それで？」

「あの日、パパは仕事から帰ってきて」ぼくの声は悲鳴に近くなった。「バラックスは封鎖したと言っていた。鍵をかけたんだよ。あのあと行っていない。きょうはペッカムへ出かけたと言ってた。別の現場へね。パパは鍵をかけたんだよ、カット。中にサリムがいるのに。だれもあれから行っていない。サリムはあのなかにいるんだよ、カット。閉じこめられてね。そして、コンクリート圧砕機がはいることになっている。あす」

# 39　夜の雨

「大変よ！」カットは金切り声をあげて部屋を駆けだしていった。「パパ！　ママ！　早く来て！」

ぼくが見つけたことを話しても、だれも聞いてくれない。カットが話すと、みんな聞く。五分もたたないうちに、みんなは服をろくに着ないまま、降りしきる雨のなかへ飛び出した。パパが懐中電灯二本と仕事用の巨大な鍵の束を持ってきた。ぼくたちは通りを走った。ラシッド、グロリアおばさん、ママ、パパ、カット、そして、ぼく。コートはひるがえり、傘は裏返しになり、心臓は高鳴り、期待はふくらみ、ぼくの手はひらひら動いた。南京錠をはずすパパの手が震えている。頭上にそびえ立つ大きな暗いビルのまわりを、うなるように風が吹きすさんでいる。ママが懐中電灯を持った。ぼくたちはぬかるんだ細い草地を横切り、建物の裏側をまわって入口へたどり着いた。鍵をまたはずす。また手が震えている。「急いで！　急いで！」グロリアおばさんがパパから鍵をひったくらんばかりにして叫んだ。

中へはいった。ぼくたちの後ろでドアが閉まる。パパがロビーを懐中電灯でぐるっと照らした。汚れたトイレと動物の死骸のにおいがする。別の鍵で真っ暗な部屋をあける。エンジンルームみたいな部屋だ。配管、ボイラー、ケーブル、ヒューズボックス。死体安置所のように静まり返っている。懐中電灯がパパのさがしていたものを照らし出した。棚だ。パパは四つ目の鍵でそれをあけた。スイッチがある。パパはそのスイッチを入れたあと、ドアのわきに並んでいたスイッチもつぎつぎ入れていった。

明かりがつく。ロビーが生き生きと感じられた。また別の鍵で階段へのドアをあけ、さらに別の鍵をあけて明かりをつけていく。

「サリム！　サリム！」ぼくたちは叫んだ。

上へ、上へ。どんどん上の階へ。カットとぼくがいちばん速かった。サリムがいそうなところはわかる。いちばん上の二十四階にいるはずだ。十五階まであがると息切れがした。カットがフロア半分先にいる。泣きそうな声が切れぎれに聞こえてくる。「サリム、ああ、サリム」

最上階に着いたとき、ぼくたちの肺は限界だった。カットはおなかを押さえている。

「サリム」ほとんど聞きとれないぐらいの声でカットが言う。

どの階にも四つのドアがあった。最初に試した三つには鍵がかかっていた。四つ目のドアは少し開いている。暗いなかで何かがぼくの足もとを駆けぬけていった。

「サリム……」カットはためらった。ぼくの手を握る。じっとりとして冷たかったけれど、ぼくの手が震えるのを止めてくれた。

「はいらないほうがいいよ、テッド。いやな感じがする。ひどいにおいだし。パパが来るのを待とう」

二十四階の開いたドアの前、暗闇へつづくドアの前で、ぼくたちは手をつないで待った。こんなに長く待つのは生まれてはじめてだった。すべての仮説、写真、Tシャツに書いてあった単語、そしてロンドン・アイのカプセルが、ぼくの頭のなかで、ひものようにつながっている。もうほかの仮説はない。これが最後だ。たったひとつの希望だ。

心臓が高鳴る。鼓膜が脈打つ。時間が流れる音だ。

パパが息を切らしながら現れた。懐中電灯を持っている。よろよろと暗い入口へはいっていく。カットとぼくはゆっくりとあとを追った。

「サリム?」パパはもうひとつドアを押しあけた。懐中電灯の光が汚れた壁でゆれる。

「サリム?」

ついにぼくたちは見つけた。眠りから覚めたばかりのサリムは、全身を震わせている。がらんとした部屋のなか、最後までバラックスにいた人が残した古いマットレスの上で、サリムは胎児のようにまるまっていた。生きている。グロリアおばさんが駆けこんで、体をぶつけた。

「サリム!」おばさんは泣きじゃくった。「ああ、サリム。よかった、よかった」

## 40　嵐のあと

大声、涙、仲直り。ことばが波のように寄せては返し、ぼくの頭の上を越え、渦を巻き、通り過ぎ、突き抜けていった。ぼくは窓に歩み寄って鼻をつまみ、ビルのにおいを遮断した。このビルは病んでいるとパパが言っていた。ほんとうにそのとおりだ。どこかで鳩が鳴いている。壊れた窓からはいってきたんだ。冷たい風がほおをなでた。

だれかがぼくの肩をつかんだ。パパだった。ママとグロリアおばさんがサリムを支えて立たせ、コートでくるんでいるあいだ、ぼくたちは外を見ていた。強風が静まって、冷たくおだやかな空気が吹きこんできた。分厚い雲の向こうから月が姿を現した。

そのとき、ぼくは見た。二十四階から見るロンドンはグラスについた水滴のように光っていた。セント・ポール大聖堂の丸屋根が目の前で光のカーブを描いている。その左に白くロンドン・アイが見えた。動いていない。空に浮かぶ巨大な自転車の車輪はまわっていなかった。

そして、ぼくたちは家へ帰った。

サリムは震えながら、しゃがれ声で何が起こったかを話してくれた。三日近く、何も食べていなかったという。トイレのタンクに水が残っているのを見つけた。それを飲んでいた。二十四階の窓から叫んでみたけれど、だれにも聞こえなかった。だれも見あげなかった。ほかの部屋へ行こうとしたけれど、全部鍵がかかっていた。階段から出ようとしたけれど、いちばん下の階に鍵がかかっていた。何度も何度も建物から抜け出そうとしたけれど、できなかった。完全に閉じこめられてしまった。できるのは、ただ待って祈ることだけだった。光がはいって外が見える二十四階の空き部屋ですわっていた。ひどいにおいだったけれど、捨ててあったマットレスの上で寝た。マーカスと食べたマーズバーの残り半分と、使い捨てカメラ、そして着ていた服のほかには何もなかった。

うちのかかりつけのお医者さんが来て、サリムを診察した。ショックを受けているけれど、健康には問題ないということだった。耐えぬいたサリムをほめ、あたたかいスープを飲んでよく休むように指示した。パパが警察に電話して、どうやってサリムを見つけたか説明した。

つぎの日の午前中ずっと、グロリアおばさんとラシッドとサリムは静かに居間で話し合っていた。三人がどんな話をしたかはわからないけれど、あとでグロリアおばさんがぼくたちに話したことによると、サリムは半年間ニューヨークで試してみたいそうだ。今回はサリムの希望で、おばさんの希望ではないという。

ラシッドは帰っていった。ぼくたちがしたことに感謝していた。ぜったいに忘れないと言った。サリムが学校の休みでこっちに帰ってきたら、ちょくちょく連れてくると約束した。

玄関を出て、うちの切手サイズの庭を通るとき、ラシッドは振り返り、ぼくの隣に立っていたグロリアおばさんを見た。おばさんの手はぼくの肩をきつくつかんでいた。

「グロリア」

「ラシッド」

一瞬の間があった。ラシッドは肩をすくめた。黒いのど飴みたいな目がサリムと似ている。

「ビッグ・アップルで楽しくやれよ」くちびるの両端が少しだけあがった。ラシッドは手を振った。

「うん、がんばる。じゃあね、ラシッド」

「じゃあな」ラシッドは手をおろして、肩を落とした。それから前を向き、リヴィングトン・ストリートを歩いていった。ラシッドが少しずつ遠ざかり、最後にもう一度振り返って角の向こうへ姿を消すまで、ぼくは首を傾けながら見ていた。

ラシッドが帰ったあと、カットとぼくと話がしたいとサリムが言った。サリムはソファーに並べたクッションの上に寝かされていた。うすいひげがまた伸びて、前よりも目立っていた。芝刈りについて前にサリムが言ったことを思い出した。サリムはぼくたちが事件を解決した一部始終を知りたがった。話を聞きながら、サリムはずっとほほえんでいて、特にモーターサイクル・ショーのところでは大笑いした。ほとんどはカットが話した。

話の最後にカットは言った。「サリム、どうやら認めなくちゃね。あたしの変てこな弟は天才だって」

サリムはぼくを見た。「テッドは本物のニークだよ。それはくそまじめ《ナード》ともおたく野郎《ギーク》とも関係ない。ユニークのニークだ」

カットとサリムが笑ったから、ぼくも笑った。そのとき、三人しかいなかった友達が五人になったことに気づき――ママとパパとシェパード先生、それにカットとサリムだ――ぼくはうれしかった。

「あそこに閉じこめられて、いちばんつらかったことって何？」カットが尋ねた。

サリムはクッションに体を沈めた。「うげっ。ほんとうに聞きたい？」

「うん、聞きたい」カットが言った。

「いろんな音かな。夜になると聞こえるんだ。マットレスに寝ころんで風の音に耳を澄ましてると、ビルのまわりのあちこち、上からも下からも、そこらじゅうでうなり声がする。それから、足音やため息みたいな音がひびいてきて、ごぼごぼ流れる音も耳にはいる。なんの音だかわからないんだ。さっぱりね。ちょこちょこと――生き物が壁を駆けまわる音だったのかな。ネズミか、ゴキブリか。それに羽がぱたぱた言う音――コウモリか鳥かな。真っ暗ななかで寝そべったまま、ジャケットを顔の上まで引っ張りあげて腕で耳をふさいだけど、それでもまだ聞こえた。それから、何かがほおに止まって引っかいてきた。跳ね起きて死ぬほど叫んだけど……」

「もういい、もういい」カットは耳をふさいだ。「ごめん、きいて悪かった」

「でも悪いことばかりじゃなかったよ」

「そうなの？」

「昼のあいだはよかった。天気を見てたよ。雲に近かったからね。雷の日があった。稲妻がロンドンの上で光ったかと思うと、急に土砂降りになって、また太陽が出てきた。何枚も写真を撮ったよ。ビルと空の写真をね。ロンドンの半分が暗くて、半分は明るくまぶしかった。その両方にまたがって、川が細い銀色の線みたいに流れてて、その真ん中にあるのがロンドン・アイだった。白くて大きかった。写真を撮ったよ、カット。使い捨てカメラの最後の一枚だ。でも、いままで撮ったなかで最高の写真だよ」

その日の午後、カットとぼくをピアース警部が訪ねてきた。ぼくたちがどう考えてどう行動したかをカットが何もかも話すのを、パパとママもいっしょに聞いていた。最後まで聞いたピアース警部のくちびるの両端が最後に上を向いた。

警部はぼくを見た。「みごとな頭脳ね」

警部はカットを見た。「みごとな行動力ね。ふたりとも、一流の刑事になるための素質をしっかり持っている」

「どうかな」カットが困ったように言った。「あたし、ファッション業界に進みたいんです」

ぼくは警部に、気象庁で働く予定だと言った。

「残念ね」警部はゆっくり息を吐いた。「わたしはいい刑事だって、同僚から言われてる。警察で働く女なら、そうじゃなきゃだめよね。でも、ふたりから学んだことがある。子供が言うことに大人はしっかり耳を傾けなくてはいけない。もしふたりがいなかったら、サリムはまだあのビルに閉じこめられていたかもしれない。そしていまごろ、コンクリート圧砕機がはいって最悪のことになってもおかしくなかった。考えるのも恐ろしい……」警部はかぶりを振った。「警察は北から南まで、あらゆる場所をさがした。それなのに、目と鼻の先にいたなんて」

そのとき、パパが言った。「なぜあんなふうにサリムが閉じこめられてしまったのか、わからないんですよ。ゲートのところには警備員を置いていましたからね。残っている人がいないか、わたしが全部の階を点検しましたし」

その後、何本か電話をかけて、真相がわかった。ビルの横を通ったとき、板張りのフェンスのゲートが少し開いているのに気づいたとサリムは言った。磁石で留めるゲートだ。サリムは、もうすぐなくなる二十四階からの景色と、持っている使い捨てカメラのことを考えた。ほんの二、三分だけ、と自分に言い聞かせて、中へ忍びこんだ。まわりにはだれもいなかった。正面玄関を見つけ、階段につづくドアも見つけた。そして、ゆっくり上へ進んでいった。

一方、パパはどの階にもだれもいないことを自分の目で確認していた。最上階まであがっていくあいだ、同じ会社のジャッキー・ウィンターを外のゲートの警備に立たせていた。

「フェイス、きみが電話をくれて、サリムが行方不明だと言ったとき、わたしはちょうど二十四階の空き部屋にいたんだ。あわてて飛び出したのを覚えてるよ。その部屋の鍵はかけなかった。ビル全体をまもなく下で封鎖するわけだから、それはたいした問題じゃない。一刻も早く帰りたくて、エレベーターでロビーまでおりたんだ。たぶんそのとき、階段をのぼるサリムと入れちがいになったんだと思う。そのあと、わたしはロビー階のドアに全部鍵をかけ、水道と電気を切って外へ出た。正面玄関にも鍵をかけた。フェンスのゲートの前でジャッキーが待っていた。ふたりでゲートに南京錠をかけて帰ったんだ」

サリムはだれも警備に立っていなかったと断言した。

ジャッキー・ウィンターが事情を尋ねられた。持ち場を離れたことを最初は否定した。やがて、かくしきれなくなって、うそを認めた。雑貨店にひとつ走り行っていたそうだ。たった二分間のことだった。もくが切れて、がまんできなかったという。〝もく〟というのは、たばこのことらしい。

ジャッキーは仕事を失った。

## 41　最後の一周

その二日後、ぼくたちはサリムとグロリアおばさんを空港で見送った。出国審査の前に、サリムはぼくに向かって大きな笑みを浮かべ、ぼくの手を握って強く振った。

「ミスター・ユニーク。ニューヨークで会おう」

ママとグロリアおばさんは、見ていて恥ずかしくなるようないつものやり方で抱き合った。パパがグロリアおばさんのほおにキスをしようとしたけれど、失敗して空気にキスをした。グロリアおばさんはカットに、そしてぼくに、力強い熱烈なハグをした。ぼくが体をよじって逃げようとすると、おばさんはぼくの手首をつかんだ。

「ほら、テッド。これを捨ててきて。もう必要ないから」おばさんはたばこ用のパイプとシガレットケースをぼくに押しつけ、たばこを吸うなんて考えもしないとでも言いたそうに顔をあおいだ。

おばさんがにっこり笑って、ぼくも忘れずに笑い返したから、おばさんはぼくの六人目の友達になった。

「行こう、母さん。フライトに遅れそうだ」サリムはそう言って、おばさんの袖《そで》を引っ張った。ふたりは最後にこちらへ手を振った。係員の人がパスポートを確認しているとき、サリムが振り返ってぼくを見た。ぼくたちは、はじめて会ったときと同じように目と目を合わせた。サリムがウィンクをした。うまくできたかわからないけれど、ぼくも片目をできるだけ強くつぶった。

ランディとファストネットの海域に大西洋高気圧が大きく張り出すなかへ、ふたりがのった飛行機は飛び立った。フライトのあいだ、晴れておだやかな風が吹いているだろう。

家にもどると、パパが週末はずっとベッドで過ごすと言った。でも、そうはならなかった。パパは〈ローレル&ハーディ〉のテーマを口笛で吹きながら、卵を料理しはじめた。まるでハリケーン・グロリアなんて来なかったみたいだ。「特製オムレツを作るよ、フェイス。結婚する前、好きだったじゃないか」パパは言った。

ママは目をくるりとまわしたけれど、笑顔になった。

「あたしも気に入るかな」カットが言った。

「ママが好きなんだから、カットだって気に入るに決まってる」パパは言った。「パパもテッドもわかっている。な、テッド?」

「んんん」ぼくは言った。「わかっているって、何を?」

「ママとカットは似た者同士だってことを。だからいつもけんかになるんだ」

ママはカットを見た。

カットは肩をすくめた。「お互いさまってわけね」ふたりは笑った。

オムレツはすごくおいしかった。食べ終わると、グロリアおばさんとラシッドがカットとぼくに何かお礼のプレゼントをしたがっている、とママが言った。カットは、ロンドン・アイへ行く前に預かった五十ポンドをまだ返していないことを打ち明け、ぼくたちが捜査で使った残りを渡した。ぼくたちが何に使ったかを聞いて、ママは笑った。それは忘れていいとママは言った。何かほしいものを言っていいそうだ。

「何かって――なんでも？」

「常識の範囲内でね」

ぼくはウェザーウォッチを買ってもらうことにした。天気予報機能のついた腕時計だ。すごい発明品で、時間がわかるのはもちろん、方位計にもなり、いろいろな機能が搭載されている。ボタンひとつで圧力計にもなって、気圧がわかる。ぼくの気象予報の精度は三十一・五パーセント上昇した。

カットはスクーターがほしいと言った。

ママは甲高い声で言った。「ばかを言わないで、カット。まだ早すぎる」

「でもママ、さっき、なんでもいいって――」

「常識の範囲内でよ」

「はい、はい。じゃあ、ヘア・フレアで髪を切って染めてもらってもいい？」

ヘア・フレアというのは、カットが学校から無断外出《AWOL》した日に行った美容室だ。ママはため息をついた。「わかった。じゃあ、ヘア・フレアね」

その日の夕方、茶色い髪をばらばらの長さに切って、雨のしずくが流れた窓みたいな、にごった金色のすじがはいった頭で、カットは帰宅した。長く不ぞろいな前髪が目にかかっている。歩くときに前が見えないんじゃないか、とぼくは思った。ママは口を大きくあけたけれど、なんの声も出さない。パパは新聞の上からちらりとカットを見ると、すぐに新聞の陰にかくれた。新聞がゆれていた。

「おかしい？」カットの声がうわずった。

ぼくの頭が傾いた。「カット」

「何よ？」

吠え方を忘れた牧羊犬みたいだね、と言ってもよかったけれど、やめておいた。「最高にかっこいい髪型だね」

前髪のあいだからカットは笑った。

ぼくの三つ目のうそだ。〝ぼくのうそ〟と名前をつけた新しい銀色のファイルに書き留めた。ファイルは机の引き出しに入れてあり、書きこみがだんだん増えていく。

計画どおり、バラックスは解体された。近所の全体が変な感じになった。異星からの巨大な物体がほかの惑星へ転送されて、むき出しの空だけが残ったみたいだ。そのとき、ぼくは気づいた。バラックスがなくなって、見える景色が変わったことに。うちの前の道から表通りへ曲がると、ほんの一瞬、ロンドン・アイが半分だけ見える。ほおをつねりたくなる。カットの夢のように、ほんとうのこととは思えない。それは気づかないほどゆっくり動いている。ガラスと鉄でできたカプセルが光を反射する。照りつける日光を浴びて、白いスポークがゆれる。そしていつも、サリムの影が真ん中に浮かんで、あの日と同じようにぼくたちに手を振る。あれは、サリムなのか、サリムじゃないのか。サリム・スプリーム。サリムが乗りこんだあの瞬間、五月二十四日の十一時三十二分が、タイムワープによってぼくの脳のどこかで止まっているような気がした。

# 訳者あとがき

日本のみなさんに、たぐいまれなる少年名探偵テッド・スパークを紹介できる日がようやく訪れたことを、とてもうれしく思う。作者のシヴォーン・ダウドも、空の彼方《かなた》でロンドン・アイをながめながら、きっと喜んでくれているだろう。

物語の語り手でもある主人公のテッドは、ロンドンに住む十二歳の少年。テッドの脳の働き方は、ほかの人とは少しちがう。遠まわしな言い方や身ぶりから人の気持ちを読むのは苦手だが、むずかしいことを考えつづけるのは得意で、特に気象学の知識は専門家並みだ。本文中では、テッド自身がみずからの状態を〝症候群〟(syndrome)ということばで何度か説明するだけで、これはおそらくアスペルガー症候群のことと推察される(この作品が発表されたのは二〇〇七年であり、現在では自閉スペクトラム症などと呼ばれることが多い)。

同居家族は両親と姉のカット。勝気な姉のカットがテッドにきつくあたることもたまにあるけれど、おおむね家族はテッドをあたたかく見守っている。

ある日、母の妹のグロリアおばさんとその息子サリムがマンチェスターから訪ねてくる。サリムはテッドたちといっしょに市内観光へ出かけ、大観覧車ロンドン・アイにひとりで乗りこむ。テッドとカットは地上でそのカプセルをずっと見守っていたが、三十分後にドアが開いたとき、おりてくる客のなかにサリムの姿はなかった。閉ざされた観覧車のカプセルから、サリムはいったいどうやって、どこへ消えてしまったのか。テッドとカットは力を合わせてサリムの行方を追い、テッドは独特の観察力と思考力でみごとに謎を解いていく。

極端にこみ入ったトリックが使われているわけではなく、描かれる「捜査」の過程も通常の大人向けミステリよりゆるやかだが、失踪の謎は思いのほか深く、けっしてたやすく解明できるわけではない。その謎をテッドがすなおな働きの頭脳で解明していく過程は堂々たるもので、類例のないおもしろさがある。たとえば、サリムが姿を消した理由を考えるにあたって、テッドは早い段階で九通りの可能性を提示し、それをひとつひとつ消去していって最後に真相にたどり着く。常識にとらわれずに、筋道立てて論理を積みあげる一方で、ストレートな人間観察をつづけて、それをためらいもなく口にするところが、なんともすがすがしく微笑ましいのだが、その観察力こそが謎解きに直結していくので、読む側としても油断できない。さりげなく配されたいくつかの伏線にもしっかり決着がつけられ、充実した読後感が残る作品だ。

テッドとカットとサリム、三人の子供たちの成長物語としても、とてもよくできている。生きづらさと孤独を感じていたテッドが、序盤でサリムとの共通点を見つけて意気投合するシーンは特に印象的だ。最初は意地悪な態度をとっていた姉のカットとも、互いが事件の解決へ向けて懸命に協力作業に向き合うことによって、徐々に心が通じ合うようになる。そのほか、思春期を迎えつつあるカットと母のぎこちない対立、それをおおらかに見守る父のいささか奇妙な立ち位置、学校でのいじめや人種差別の問題、離婚した両親とサリムの不安定な関係など、さまざまな要素が盛りこまれ、それらがテッドの曇りのない目を通して描かれることによって、そこにかかわる人々の個性をさらに際立たせている。

いまではロンドンの代表的な観光名所と言ってよいロンドン・アイは、イギリスのミレニアムプロジェクト（二〇〇〇年記念事業）の一環として造られたもので、この作品が発表された二〇〇七年の直前まで、世界一の高さを誇る観覧車だった。作中にもあるとおり、ひとつのカプセルに二十人余りが乗ることができ、一周に約三十分を要する。ロンドンの街を一望するのに最適な場所のひとつであることは言うまでもない。

ロビン・スティーヴンスの序文にあるとおり、作者のシヴォーン・ダウドは、この『ロンドン・アイの謎』を発表したわずか二か月後の二〇〇七年八月、四十七歳のときに乳癌《にゅうがん》でこの世を去った。生前のダウドが発表していた作品は本作も含めて二作だけだったが、その後、未発表のYA作品がつぎつぎ刊行されて大変な話題となった。そのあまりにも早すぎる死を惜しむ人は、いまも世界じゅうに数えきれないほどいる。死後に発表された作品も含めて、ファンタジー色の強いものがほとんどであり、『ロンドン・アイの謎』は唯一の本格的なミステリだが、その質の高さはスティーヴンスが力説するとおりだ。

シヴォーン・ダウドは一九六〇年、ロンドンでアイルランド系の両親のもとに生まれた。

オックスフォード大学卒業後、国際ペンクラブに所属し、作家たちの人権擁護活動に長く携《たずさ》わった。

みずからの作家としてのデビューは、二〇〇六年に発表した『すばやい澄んだ叫び』。アイルランドを舞台としたYA作品で、十代の少女が、母の死や父のアルコール依存をはじめとする数々の苦難を乗り越えていく。ブランフォード・ボウズ賞とアイリーシュ・ディロン賞を受賞し、イギリスの児童書・YAの賞としては最高権威であるカーネギー賞の最終候補作にもなった。

本作『ロンドン・アイの謎』は、ダウドの作品としては珍しく、主人公の明るくユーモラスな語りが際立つ作品で、ビスト最優秀児童図書賞（アイルランドのすぐれた児童書・YA作品に与えられる賞、現・KPMGアイルランド児童図書賞）を受賞した。

死後に最初に発表された『ボグ・チャイルド』は、カーネギー賞、ビスト最優秀児童図書賞の両方を受賞した。北アイルランドの村に住む高校生の少年を主人公とし、村の湿地で少女の死体が見つかった事件をめぐる謎と、アイルランド共和軍（IRA）暫定派のメンバーとして祖国の独立をめざし、獄中でハンガーストライキをつづける少年の兄の苦闘を交互に描きながら、揺れ動く少年の心を鮮やかに浮き彫りにした秀作である。

『サラスの旅』は、ロンドンの児童養護施設で育った十四歳の少女ホリーが、生みの母との再会を夢見て、故郷アイルランドへのヒッチハイクをつづけるロードノベル。金髪のウィッグをつけたときには一気に大人びて、十七歳の大胆なサラスに変身するホリーは、旅でさまざまな体験をして大きく成長していく。

両作とも、繊細でありながら力強い、いわば骨太のYA作品である。ぜひ全世代の人たちに読んでいただきたい。

そして、つぎに刊行されたダウド原案の『怪物はささやく』は、カーネギー賞とケイト・グリーナウェイ賞を受賞した。これはダウドが遺した冒頭の文章と大まかな構想をもとに、「混沌《カオス》の叫び」シリーズなどの作者パトリック・ネスが書き継いで完成させた作品である。母親が闘病中で、しじゅういじめを受けている孤独な少年のもとに、夜中になるとイチイの大木の怪物が現れて、三つの物語を話して聞かせる。怪物はなぜそんな話をするのかと、少年が不思議に感じているうちに、ストーリーはまったく意外な方向へ展開していく。『怪物はささやく』はその後、ネス自身が脚本を書いて、二〇一六年にファン・アントニオ・バヨナ監督によって映画化され、大好評を博した。

『十三番目の子』は、村の繁栄のために暗黒の神に生け贄《にえ》として捧げられることが生まれたときから決まっている少女と、その家族をめぐる切ない物語だ。これもまたダウドらしく、悲しくも美しい、そして強く生きる力を与えてくれる作品である。

ダウドは死の直前にみずからシヴォーン・ダウド基金を設立していて、その収益は、本を読む機会を奪われた子供たちに読書の喜びを伝えるためにいまも使われている。

わたしは映画〈怪物はささやく〉ではじめてダウドの名前を知り、原作を読んで夢中になったあと、ほかの作品を訳書でつぎつぎ読んでその作風の虜《とりこ》になった。未訳の作品のなかに、わたしが専門とするミステリのジャンルに属するものが一冊あり、原書でその*The London Eye Mystery*を読んでみた。ダウドのほかの作品と傾向はちがうものの、この作者ならではの人物造形の奥深さと、本格的なミステリとしてのロジカルなおもしろさの両方を兼《か》ね具《そな》えた作品だったので、数年前に東京創元社に翻訳刊行を提案したところ、このたび無事に出版できる運びとなった。

ダウドは『ロンドン・アイの謎』を発表してすぐに逝去したが、続編のタイトルを*The Guggenheim Mystery*（『グッゲンハイムの謎』）と決めて出版社と契約を交わしていた。シヴォーン・ダウド基金からの依頼で、二〇一七年にその続編を完成させたのが、今回の序文を書いたロビン・スティーヴンス（『お嬢さま学校にはふさわしくない死体』など）である。これはロンドン・アイの事件の三か月後のニューヨークを舞台とした作品で、グッゲンハイム美術館でカンディンスキーの名画の盗難事件が起こり、休暇中にニューヨークを訪れていたテッドたちが、何度か危険な目に遭《あ》いながらも、またしても鮮やかな推理と勇敢な行動力を駆使して真犯人を見つけ出す。スティーヴンスは細かい部分に至るまでダウドの文体をしっかりと受け継いで書いていて、同一作者の手によるものだと言われても信じてしまうほど、まったく違和感がない。読者のみなさんには、ぜひテッドたちと、こんどはニューヨークで再会していただきたい。

〈シヴォーン・ダウドの作品（原案・構想のみも含む）〉

*A Swift Pure Cry*（2006）『すばやい澄んだ叫び』（宮坂宏美訳、東京創元社）

*The London Eye Mystery*（2007）本書

*Bog Child*（2008）『ボグ・チャイルド』（千葉茂樹訳、ゴブリン書房）

*Solace of the Road*（2009）『サラスの旅』（尾高薫訳、ゴブリン書房）

*A Monster Calls*（2011）『怪物はささやく』（パトリック・ネス著、池田真紀子訳、創元推理文庫）

*The Ransom of Dond*（2013）『十三番目の子』（池田真紀子訳、小学館）

*The Pavee and the Buffer Girl*（2017）

*The Guggenheim Mystery*（2017）『グッゲンハイムの謎』（ロビン・スティーヴンス著、越前敏弥訳、東京創元社）

# 解説

千街晶之

子供時代にたまたま手に取った本でミステリの面白さに目覚めたひとは数多くいると思うが、その最初の出会いの場がどこだったかを憶えているだろうか。実家にあった、友達に貸してもらった……などのケースもあるだろうが、図書館でミステリとめぐり合ったというケースが一番多い気がする。シヴォーン・ダウド『ロンドン・アイの謎』(二〇〇七年。原題 *The London Eye Mystery*) は、そんなミステリとの出会いに最適の一冊として、すべての図書館に置いてほしい小説だ。

著者は一九六〇年、アイルランド系の両親のあいだに生まれ、サウス・ロンドン郊外で育った。九歳にして最初の小説を完成させた彼女は、一九八四年から国際ペンクラブに所属して人権擁護活動に従事する傍ら、甥や姪への誕生日プレゼントとしての物語や、未発表の大作小説などを書き続け、二〇〇四年、人種差別をテーマにした短篇集に自身の小説が収録されたことで作家への道を歩み出した。そして二〇〇六年、デビュー長篇『すばやい澄んだ叫び』を上梓《じょうし》する。この作品でカーネギー賞、ガーディアン賞、ドイツ児童文学賞などにノミネートされ、イギリスの新人児童文学作家に授与されるブランフォード・ボウズ賞と、アイルランドの児童文学が対象のアイリーシュ・ディロン賞を受賞した。

その翌年の六月に刊行された第二長篇が本書であり、アイルランドの優れた児童書・ヤングアダルト作品に与えられるビスト最優秀児童図書賞（現・KPMGアイルランド児童図書賞）を受賞した。だが、著者の生前に刊行された小説はこの二冊しか存在しない。というのも、本書刊行直後の二〇〇七年八月、著者は乳癌《にゅうがん》により四十七歳でこの世を去ったからだ。

しかし、歿後《ぼつご》に『ボグ・チャイルド』（二〇〇八年）、『サラスの旅』（二〇〇九年）、『十三番目の子』（二〇一三年）、*The Pavee and the Buffer Girl*（二〇一七年）が刊行されており、北アイルランド紛争を背景とする犯罪小説『ボグ・チャイルド』はカーネギー賞を受賞している。また、著者の原案をもとにした小説としては、パトリック・ネスが執筆したファンタジー小説『怪物はささやく』（二〇一一年）などがある。著者の名が日本で知られるようになったきっかけとしては、この『怪物はささやく』が二〇一六年に、フアン・アントニオ・バヨナ監督、シガニー・ウィーヴァー主演で映画化されたことが大きい。

本書は、そんな著者の作品の中でも、本格ミステリ小説である点が異彩を放っている。しかも、人間消失という不可能現象を真正面から扱っているのだ。

語り手のテッド・スパークは、父親のベン、母親のフェイス、姉のカットとともにロンドンで暮らす十二歳の少年である。ある日、フェイスの妹のグロリアおばさんと、その十三歳の息子サリムがスパーク家を訪れた。テッドとカットは、サリムと一緒に大観覧車「ロンドン・アイ」の見物に出かける。閉所恐怖症だという通りすがりの男性からチケットを譲られたサリムは、観覧車のカプセルに乗り込んだ。ところが、カプセルが一周して地上に戻ってきた時、降りてくる乗客の中にサリムの姿はなかった。テッドたちが地上から見守っていたにもかかわらず、サリムは忽然《こつぜん》と消え失せてしまったのだ。

あり得ない状況下で煙のように人間が消えてしまうという謎は、不可解であるのみならず、どこかしら実際に巻き込まれそうな不安を感じさせる。大昔の日本では人間が消えることを「神隠し」と呼び、一九六〇年代後半には「蒸発」が流行語となったが、いずれも、人間が不可視の存在になってしまう理不尽さへの畏怖を感じさせる表現だ。そんな人間消失の恐怖と神秘を描いた名作が、ピーター・ウィアー監督により映画化されたことでも知られるジョーン・リンジーの小説『ピクニック・アット・ハンギングロック』（一九六七年）である。理詰めで割り切れる本格ミステリにおいても、不可解な状況下における人間消失は魅力的なテーマであり、それをメインとした短篇にはジョン・ディクスン・カーのラジオドラマ「B13号船室」（一九四三年）、クレイトン・ロースン「天外消失」（一九四九年）、ロバート・アーサー「ガラスの橋」（一九五七年）などがあるし（長篇にも多いものの、大抵は殺人など他の事件と合体して描かれがちで、その意味で本書は珍しい例だ）、応用篇として宝石や名画などの貴重品が消えたり、列車が消えたり、建物が消えたり、街や島が消えたり……といった例もある。本書の人間消失は、衆人環視の状況で起きたという不可解さとともに、現場が実在の、それも有名な場所だという点が特色だ。

サリム消失の舞台となるロンドン・アイは、一周するのに約三十分を要する巨大観覧車で、本書が刊行された二〇〇七年の直前までは世界一の高さを誇っていた。日本で言えば、大阪府吹田市のEXPOCITY「OSAKA WHEEL」や、東京都の葛西臨海公園にある「ダイヤと花の大観覧車」あたりを想像していただくのがいいだろう。この解説の最後で触れる続篇についても言えることだが、知名度が高い観光名所を物語の舞台とすることは、そこを実際に訪れた経験のある読者にとっては背景を想像しやすくさせ、未訪問の読者には「そこに行ってみたい」という観光願望を起こさせる効果を持つ。デビュー長篇『すばやい澄んだ叫び』のラストシーンの舞台が観覧車の中だったことを考え合わせると、著者にとって観覧車というのは何らかの思い入れのある場所だったのかも知れない。

サリムと連絡が取れないため、警察が捜索に乗り出した。大人たちが狼狽《ろうばい》し悲嘆に沈むあいだ、テッドとカットはいとこの行方を知ろうとするが、そこで役に立つのがテッドの頭脳である。「ぼくの脳は、ほかの人とはちがう仕組みで動く」と自覚しているテッドは、事実や物事の仕組みについて考えるのが得意で、気象については専門家並みの知識を持つ。また、「サリムは五月二十四日十一時三十二分にひとりであがっていき、同じ日の十二時二分におりてくるはずだった」「パパが出かけてから帰るまでに五十四分かかった。三千二百四十秒だ」といった具合に、数字（特に時間）にただならぬこだわりを持っているようだ。

作中でテッドは「なんとか症候群」だと表現されているが、これはアスペルガー症候群（現在は自閉スペクトラム症、ＡＳＤなどと呼ばれる）のことと推察される。因《ちな》みに、マーク・ハッドンの『夜中に犬に起こった奇妙な事件』（二〇〇三年）に登場した、シャーロック・ホームズが大好きな十五歳の少年クリストファーも、同様の症例を持つ主人公だが、実は本書を執筆中に同じようなテーマの『夜中に犬に起こった奇妙な事件』が刊行されたため、著者は本書を一旦脇において、別の作品の執筆に取りかかったという。

テッドはひとの気持ちを読むのが苦手なため、口角の上がり下がりなどから相手の喜怒哀楽を察しなければならないし、思ったことをそのまま遠慮なく口にして、母親やグロリアおばさんを怒らせたりもする。だが、そんなテッドだからこそ見える物事の核心が確かにあるのだ。思えば、古典的な本格ミステリに登場する名探偵は、天才だが傍若無人でその場の空気を読まないタイプが少なくないが、近年ではそうした名探偵の個性に精神医学的な背景が設定される場合もある。例えば、アーサー・コナン・ドイルのシャーロック・ホームズ譚《たん》を現代に翻案したイギリスのTVドラマ『SHERLOCK　シャーロック』（二〇一〇年〜）では、主人公のシャーロックが自閉スペクトラム症的な人物として造型されている。メンタル面で生きづらさを抱えた名探偵像は、アメリカのTVドラマ『名探偵モンク』（二〇〇二年〜二〇〇九年）あたりにまで遡《さかのぼ》れるし、知念実希人《ちねんみきと》の「天久鷹央《あめくたかお》」シリーズ（二〇一四年〜）の天久鷹央、フランスのTVドラマ『アストリッドとラファエル　文書係の事件録』（二〇二〇年〜）のアストリッド・ニールセン、雨井湖音《あまいこおと》の「東京創元社×カクヨム　学園ミステリ大賞」受賞作『僕たちの青春はちょっとだけ特別』（二〇二四年）の青崎架月《あおさきかづき》少年らもその系譜に連なっている。本書のテッドも、そうしたミステリの潮流から生まれた主人公と言えそうだ。

事件が起きた日の夜、眠れないテッドは同じく眠れなかったカットと、いとこが消えた謎を解き明かそうと語り合う。その際、テッドは八通りの仮説を語るが、面白いのは、それらの中に「サリムは自然発火した」「サリムはタイムワープした」といった、通常のミステリ小説では一顧だにされないような現実離れした仮説が混じっている点だ。とはいえ、彼がそれらの中から、あり得ないものを外し、最も説得力のある仮説を絞り込む過程はロジカルである。

そして、テッドのみならずカットもかなりユニークなキャラクターだ。彼女はひたすらパワフルな行動力の持ち主であり、頭脳に特化した弟とは互いに補い合う理想的なバディ関係と言える。この二人の能力が組み合わさることで真相に近づいてゆくのだが、彼らの探偵活動は決して最初から大人たちに理解されるわけではなく、衝突を生んだりもする。その意味で本書は、常識に囚《とら》われない子供が見る世界と、大人が見る世界とのすれ違いを描いていると言えるけれども、大人たちもやがて「あたしたち全員を合わせたよりも、あんたの頭のほうがすごいって思うことがあるのよ、テッド。もし考えるだけでサリムが帰ってくるとしたら、それができるのはテッド、あんたしかいない」（グロリアおばさんの言葉）と彼らを認めることになるし、捜査責任者のピアース警部が子供の話をきちんと聞く誠実な人間として描かれているのもいい。

だが、サリム消失の謎が解き明かされても、本書はまだ終わらない。サリムの居所をめぐって、手に汗握る展開が待ち受けているのだ。これについても、本書のかなり早い段階で伏線が張られており、ミステリ作家としての著者のセンスの良さに舌を巻くしかないのである。

近年、海外の良質なヤングアダルト小説、それも本格ミステリに含まれるものが相次いで邦訳されている。フランシス・ハーディングの『ガラスの顔』（二〇一二年）や『嘘の木』（二〇一五年）、ジュリー・ベリーの『聖エセルドレダ女学院の殺人』（二〇一四年）、カレン・M・マクマナスの『誰かが嘘をついている』（二〇一七年）、『自由研究には向かない殺人』（二〇一九年）をはじめとするホリー・ジャクソンの作品群などがそれに該当するが、これらに共通するのは、本来の対象であるヤングアダルト世代が読んでも、大人が読んでも充分に楽しめるという点だ。その中でも一際輝く必読の一冊が本書であり、このような素敵な小説を遺してくれた著者に心から「ありがとう」と言いたい。

さて既に述べた通り、著者は本書刊行から間もなく逝去しているけれども、実は生前、*The Guggenheim Mystery* という続篇のタイトルのみを決めて出版社と契約を交わしていた。それを、本書の序文を書いている作家ロビン・スティーヴンスが完成させた続篇が、二〇一七年に刊行された『グッゲンハイムの謎』である。本書の事件から三カ月後、テッドたちが休暇でニューヨークを訪れている最中、グッゲンハイム美術館で絵画消失事件に遭遇するという内容だ。テッドたち主要キャラクターの生彩ある描き方といい、ミステリとしての構成といい、シヴォーン・ダウド本人が執筆したと言われても信じてしまいそうなほど、続篇として違和感がない。本書で少年探偵テッドの活躍を楽しんだ方は、是非《ぜひ》こちらも読んでいただきたい。

本書は二〇二二年に小社より刊行された作品の文庫化です。

**訳者紹介**　1961年生まれ、東京大学文学部卒業。英米文学翻訳家。主な訳書に、ドロンフィールド「飛蝗の農場」、D・ブラウン「ダ・ヴィンチ・コード」「オリジン」、クイーン「Yの悲劇」、F・ブラウン「真っ白な嘘」など。

ロンドン・アイの謎

2025年4月11日　初版

著　者　シヴォーン・ダウド

訳　者　越《えち》前《ぜん》敏《とし》弥《や》

発行所　(株)東京創元社
代表者　渋谷健太郎

162-0814 東京都新宿区新小川町1-5
電　話　03・3268・8231-営業部
03・3268・8201-代　表
URL　https://www.tsogen.co.jp
組　版　キャップス
暁印刷・本間製本

乱丁・落丁本は、ご面倒ですが小社までご送付ください。送料小社負担にてお取替えいたします。



ISBN978-4-488-23105-7　C0197